Y²
15366

276

PROVERBES

ET

NOUVELLES

PAR

JEAN GRANGE

AF476439

TOURS
ALFRED MAME ET FILS
ÉDITEURS

BIBLIOTHÈQUE

DE LA JEUNESSE CHRÉTIENNE

FORMAT PETIT IN-8°

A[illegible] comment on se corrige de l'étourderie, par Et. Gervais.
A[illegible] jeune Circassienne, par Marie-Ange de T***.
A[illegible] par Étienne Gervais.
AVENTURES D'UN FLORIN (les), racontées par lui-même.
BARON DE C[illegible] (le), par Étienne Gervais.
BASTIEN, ou le Dévouement filial, par Mme Césarie Farrenc.
BATELIÈRE DE VENISE (la), par Mlle Louise Diard.
BONNES LECTURES (les), Souvenirs et Récits authentiques, par F. C[illegible].
CLÉMENTINE, ou l'Ange de la réconciliation, par Marie-Ange de T***.
CORBEILLE DE FRAISES (la), par Marie-Ange de T***.
DESSUS DU PANIER (le), histoires pour [illegible]
DIRECTRICE DE POSTE (la), par [illegible]
DUMONT D'URVILLE, par Fr. [illegible]
ÉLISABETH, ou la Charité du pauvre [illegible]
ÉLOI, ou le Travail, par [illegible]
EUPHRASIE, ou l'Enfant [illegible]
EXCURSION EN SYRIE, EN [illegible]
EXILÉS DE LA SOUABE (les), par Mlle Louise D[illegible]
FA[illegible] DE MONTAUBERT (la), par Félix J[illegible]
FILLE DU DOCTEUR (la), par Marie-Ange de T***.
FILLE DU MEUNIER (la), ou les Suites de l'Ambition, par Mlle L. Diard.
HENRIETTE, ou Piété filiale et Dévouement fraternel, par [illegible]ph. Ory.
JACQUES BLINVA[illegible], ou l'Ami chrétien, par J.-N. Tribe[illegible].
JUDITH, par M. l'abbé Henry.
LOUISE LECL[illegible], par Marie-Ange de T***.
LUCIA CESA[illegible], par Mme de Labadye.
MADAME DE G[illegible], ou la Pénélope chrétienne, par Marie-Ange de T***.
MARIANNE, ou le Dévouement, par Marie-Ange de T***.
PAPE BENOÎT XI[illegible] 1336, par J. Chantrel.
PARMENTIER, par [illegible]
PÊCHEUR DE PENMARCK (le), par E. Bossuat.
PROVERBES ET NOUVELLES, par Jean Grange.
RÉCITS AMÉRICAINS, par M. Xavier Marmier, de l'Académie française.
RICHARD LENOIR, par Fr. Joubert.
TANTE MARGUERITE (la), par Marie-Ange de T***.
TÉRÉSA, par E. Bossuat.
TROIS COUSINS (les), ou le Prix du temps, par Théophile Ménard.
VAUQUELIN, par Fr. Joubert.
VICTOR DUTAILLIS, par Fr. Joubert.
VIERGE DES CAMPAGNES (la), par M. l'abbé Henry.
VŒU EXAUCÉ (le), suivi des DEUX [illegible], par Maurice Barr.

Tours. — Impr. Mame.

PROVERBES

ET

NOUVELLES

1re SÉRIE PETIT IN-8°

8° Y2 15866

PROPRIÉTÉ DES ÉDITEURS.

LES DEUX SŒURS

PROVERBES

ET

NOUVELLES

PAR

JEAN GRANGE

TOURS

ALFRED MAME ET FILS, ÉDITEURS

M DCCC LXXXV

PROVERBES

ET

NOUVELLES

LA LETTRE D'UNE MÈRE

Rien n'est pénible comme un début dans la carrière de la médecine. Que de jeunes docteurs instruits et de bonne volonté ont dû attendre de longues années la clientèle ! Êtes-vous, comme il convient, modeste et discret, un petit silence s'organise autour de vous, qui menace d'être éternel. Essayez-vous de vous produire, des confrères charitables vous qualifient de charlatan. Ces ennuis me furent épargnés. J'étais à peine installé dans mon cabinet de docteur, qu'un vieux praticien tomba malade et me céda ses fonctions de médecin du bureau de bienfaisance. Les clients étaient nombreux, les courses longues, et maigres les appointements : je fus heureux néanmoins de pouvoir exercer tout de suite ma profession, que j'aimais passionnément.

Un des malades que je visitais était un jeune homme d'environ trente-cinq ans. La débauche l'avait conduit, à travers la misère sur le lit de mort. Je m'attachai à ce malheureux, et, ne pouvant le sauver, j'essayai d'adoucir ses souffrances. Froid, silencieux, strictement poli, mon malade acceptait mes remèdes et mes soins sans croire beaucoup à leur efficacité. Il aurait voulu dormir toujours, et ne cessait de me demander de l'opium.

Je rencontrai dans l'escalier de la maison un vieux prêtre qui me dit :

« Monsieur, j'ai entendu dire que vous étiez chrétien : rendez donc à ce malheureux jeune homme un service : dites-lui quelques mots de Dieu. Je lui ai fait, sans résultat, plusieurs visites. Il m'accueille poliment, mais c'est tout. Je suis sûr qu'une parole de vous ferait plus d'effet que toutes mes exhortations. »

Je promis d'essayer.

Le lendemain, je m'efforçai de faire causer mon malade; et comme il s'y prêtait d'assez bonne grâce, j'amenai peu à peu la conversation sur le terrain religieux; le jeune homme s'en aperçut et me dit d'un ton ferme :

« Je vous en prie, Monsieur, ne me parlez pas de religion; je n'y crois pas.

— Vous croyez au moins à l'existence de l'âme?

— Je crois à l'opium, dit-il en souriant, et au sommeil. »

Et il prit la position d'un homme qui essaye de dormir.

A quelques jours de là, je fis une seconde tentative, qui tourna encore plus mal que la première.

« Écoutez, docteur, me dit le malade, j'ai étudié un peu de philosophie, et j'en sais assez pour ne pas croire à l'existence de l'âme. »

Et il se mit à me développer quelques-uns des arguments de l'école matérialiste.

Ces erreurs qui m'avaient choqué dans la bouche d'un professeur éloquent, me parurent, dans cette mansarde et sur les lèvres de ce mourant, révoltantes et monstrueuses.

Je sortis navré.

Cependant nous continuions, le vieux prêtre et moi, à soigner sans plus de succès l'un que l'autre, le corps et l'âme de ce malade.

Le corps marchait à grands pas vers le tombeau.

L'âme s'en allait à la perdition éternelle.

Un jour que je posais à ce jeune homme une ventouse, j'eus besoin d'un morceau de papier : j'aperçus une espèce de lettre posée à côté de son chevet; je la pris, et j'allais m'en servir, lorsque le jeune homme me saisit brusquement la main et m'arracha la lettre. Un peu surpris, je déchirai une feuille à un vieux livre et je fis mon opération.

Le soir du même jour, je retournai voir mon client, qui baissait de plus en plus. Je l'aperçus tenant à la main et s'efforçant de lire la lettre que j'avais voulu brûler le matin.

« Docteur, me dit-il, voici la dernière lettre que ma mère m'a écrite ; il y a un an qu'elle ne me quitte pas, et je l'ai lue plus de cent fois ; je voudrais la relire avant de mourir ; mes mains tremblent et ma vue s'obscurcit ; soyez bon jusqu'à la fin, lisez-moi tout haut cette lettre. »

Je pris la lettre et j'en commençai la lecture. Non ! jamais, depuis, je n'ai rien lu d'aussi tendre et d'aussi touchant. C'était Monique écrivant à Augustin. J'avais beau être médecin, je n'avais que vingt-six ans, et je venais de perdre la meilleure des mères : les sanglots étouffaient ma voix : je sentais des larmes venir à ma paupière.

Je regardai le malade : il pleurait silencieusement ; mes larmes se mêlèrent aux siennes.

Tout à coup je me levai et m'écriai :

« Malheureux ! pouvez-vous croire que celle qui a écrit une semblable lettre n'avait pas une âme ? »

Il garda le silence, et ses larmes coulèrent plus abondamment.

Le lendemain il fit appeler le vieux prêtre, et eut avec lui un long entretien.

Le surlendemain, j'ai appris qu'il avait reçu les sacrements.

Il vécut encore une semaine. Sa froideur polie n'était qu'un masque cachant un cœur égaré sans doute, mais bon et généreux. Il mourut entre les bras du vieux prêtre et les miens, couvrant de baisers les pieds du crucifix et la lettre de sa mère.

LES DEUX SŒURS

Lorsque ces messieurs furent sortis sur la terrasse pour fumer leur cigare : « Madame, dit le percepteur, qui était resté au salon, voilà une histoire bien obscure : sont-elles deux sœurs, ou quatre sœurs? Qu'est-ce que la vie active et la vie contemplative? On parle un peu par énigmes dans votre beau pays.

— On voit bien, dit Mme de Nollet, que vous êtes nouveau venu en Poitou.

— Je ne suis que depuis quinze jours à Saint-Julien; vous avez eu ma première visite, les visites officielles ne comptent pas; vous m'engagez à dîner : j'accepte; je rencontre des convives charmants, mais qui racontent des choses que je ne comprends guère.

— C'est qu'il y a des antécédents que vous ignorez.

— Je le vois bien. Vous mettriez le comble à vos bontés en me donnant quelques éclaircissements.

— C'est, dit Mme de Nollet, une histoire assez simple et qui n'a rien de romanesque.

— Justement les histoires que j'aime.

— Et puis il y est beaucoup question de religion.

— Me prenez-vous pour un impie?

— Vous le voulez! soit. Connaissez-vous la Coudraie?

— J'en ai passé hier à quelque distance... Une belle habitation!

— Un château, Monsieur, s'il vous plaît, et un des plus anciens du pays. Vous saurez donc qu'il y a un mois que le château est désert. Mlles de la Coudraie sont parties pour... Bon! voilà que j'arrive tout d'un coup au dénouement, moi qui voulais nuancer mon récit.

— Nuancez, Madame, et prenez le chemin le plus long.

— Paule et Lucile de la Coudraie, dit Mme de Nollet, sont sœurs jumelles. Leur naissance coûta la vie à leur mère. M. de la Coudraie ne se consola jamais de la mort de sa femme; il mourut quelques années après, laissant ses deux jeunes filles aux soins de leur tante, Mme de Brimont. Paule et Lucile furent placées, à onze ans, au couvent du Sacré-Cœur, à Paris. Leur arrivée dans ce petit monde fut un événement. Vous n'avez jamais vu deux sœurs se ressembler aussi parfaitement : même figure, même taille, même genre de beauté; on fut obligé de les différencier par la couleur de la ceinture. M. le receveur d'enregistrement appelle cette ressemblance un jeu de la nature; je soutiens qu'il faut l'appeler un dessein de la Providence, ou mieux une volonté de Dieu. Qu'en pensez-vous, monsieur le percepteur ?

— Je suis de votre avis, Madame, rien n'est fortuit, et je crois que Dieu entre dans les détails.

— Vous me faites plaisir. Paule et Lucile, qui étaient pieuses, devinrent bientôt de vraies petites saintes. Leur piété, pourtant, différait : Paule s'oubliait à la chapelle, et doublait toutes ses prières; ma fille, qu'on avait placée près d'elle, l'a vue souvent pleurer de ferveur; Lucile était la providence de ses compagnes, surtout des plus jeunes. Elle réparait les accrocs faits aux robes, guérissait les engelures, pansait les bobos, et répétait le catéchisme et les fables à celles qui avaient la mémoire malheureuse.

« Mlles de la Coudraie grandirent avec ces goûts, et un jour on ne les appela plus dans le couvent que Marthe et Marie. »

— Et pourquoi cela? » dit le percepteur.

Mme de Nollet ne put réprimer un sourire. « C'est une allusion, dit-elle.

— Une allusion qui m'échappe, répliqua l'honorable fonctionnaire : ayez pitié de mon ignorance, Madame.

— Vous vous souvenez bien de l'histoire de Lazare, ressuscité par Notre-Seigneur?

— Certes! un admirable récit, que ce pauvre Renan a défiguré, et même travesti.

— Lazare (c'est dans l'Évangile) avait deux sœurs, nommées Marthe et Marie : la première s'occupait à servir Jésus, et pourvoyait à ses besoins corporels; la seconde, assise aux pieds du Maître, écoutait sa parole, la méditant dans son cœur. Depuis, lorsqu'un chrétien se dévoue spécialement aux œuvres extérieures de charité, on dit qu'il suit la vocation de Marthe; les âmes qui s'appliquent à la prière et à la méditation ressemblent à Marie.

— Très bien, Madame, je vous remercie, et je vous serai reconnaissant si vous voulez continuer.

— A dix-huit ans, Marthe et Marie, ou, si vous aimez mieux, Lucile et Paule, quittèrent le couvent du Sacré-Cœur, et revinrent habiter avec leur tante, Mme de Brimont, le vieux château de la Coudraie. Je ne sais si je vous ai dit que ces demoiselles étaient riches. La terre de la Coudraie vaut presque un million. Vous jugez de l'accueil que Saint-Julien fit aux deux héritières : ce fut pendant un mois une pluie de visites. On organisa en leur honneur des concerts et des bals. Celles pour qui tous ces frais étaient faits en profitèrent très peu; elles parurent rarement aux fêtes de Saint-Julien. Le grand âge et la mauvaise santé de Mme de Brimont servirent de raisons ou de prétextes. Mais quelle joie lorsque les deux sœurs acceptaient une invitation! Saint-Julien, qui les avait fêtées d'abord à cause de leurs richesses, ne vit plus que leur mérite. Je crois qu'on les aurait épousées sans dot.

« Vous ne pouvez pas vous faire une idée de cette perfection : belles, douces, modestes, instruites et spirituelles! Un bachelier, frais émoulu, qui était un peu leur cousin, abusait de la parenté pour les taquiner à propos de l'Église et du pape. Ce manège finit par impatienter Lucile. Un jour, elle prit le bachelier à partie, et, sous prétexte de lui demander des explications, lui fit dire tant de sottises que nous éclatâmes tous de rire. Je ris encore, en y pensant, de la mine de ce pauvre Adolphe.

« Il y avait à peu près un an que Mlles de la Coudraie étaient parmi nous, lorsque commença à circuler un bruit étrange ; on assura qu'elles allaient entrer en religion. Le scandale fut grand dans Saint-Julien. Les deux sœurs, qui étaient des anges auparavant, ne furent plus que deux petites dévotes, au cœur sec et à l'esprit étroit. Était-ce ainsi qu'elles comprenaient les obligations qu'imposent la naissance et la fortune ? Ne pouvaient-elles pas se sauver dans le monde, et y faire même beaucoup plus de bien que dans le cloître ?

« Les mères qui avaient des fils à marier jetaient les hauts cris : ces messieurs n'étaient pas déjà si disposés au mariage ; qu'arriverait-il si les couvents enlevaient ainsi la fleur et le dessus du panier ! Quelques pères de famille avaient placé leurs filles au Sacré-Cœur : ce funeste événement leur fit ouvrir les yeux sur l'imprudence qu'ils avaient commise. Ils se hâtèrent de rappeler ces demoiselles, et les placèrent dans un pensionnat tenu par des dames, et dans lequel la piété était distribuée à une dose incapable de produire aucune exaltation funeste.

« Je ne voudrais pas que ce que je vous dis là vous donnât une mauvaise opinion de Saint-Julien. On y est curieux, bavard et cancanier, mais pas beaucoup plus qu'ailleurs. Au reste, je pense qu'il serait difficile de trouver une ville, petite ou grande, qui ne témoignât pas quelque étonnement, mêlé de dépit, en voyant deux jeunes filles riches et brillantes préférer Dieu au monde. Au bout de quelques semaines, la société de Saint-Julien oublia Mlles de la Coudraie, et parla d'autres choses.

« J'ai une fille religieuse, et je sais que c'est la plus heureuse de mes six enfants : je fus donc bien éloignée de blâmer la conduite des deux sœurs, et je pris même leur parti au moment où le déchaînement contre elles était le plus général. Elles le surent, et nos relations devinrent fréquentes et intimes. Grâce à cette intimité, j'ai su bien des particularités ignorées de Saint-Julien, en dépit de la curiosité et des commérages.

« Mlles de la Coudraie cessèrent d'aller dans le monde, et on ne les vit plus guère qu'à l'église et chez les pauvres. Quelques bonnes langues assuraient qu'elles allaient vendre leur calèche, congédier leur femme de chambre, et prendre, avec des robes démodées, des coiffes de veuve. Il n'en fut rien : elles gardèrent leur voiture, et restèrent charmantes. Paule était toujours Marie, et Lucile Marthe. Les goûts du couvent persévéraient dans le monde. Paule apprenait-elle qu'un malheur était arrivé à quelqu'un du voisinage, son premier mouvement était de courir à la chapelle du château, et d'y prier avec ferveur pour les personnes éprouvées. Lucile, pendant ce temps, était allée visiter la famille, et lui porter une consolation et une aumône. Un pauvre petit enfant déguenillé venait-il chercher du pain à la Coudraie, Paule songeait tout de suite à son âme; elle s'informait s'il savait sa prière et s'il allait au catéchisme et à l'école.

Lucile s'emparait du gamin, et, en un tour de main, l'avait peigné et débarbouillé : il était rare qu'elle ne trouvât pas une blouse à sa taille, et des sabots neufs qui lui allaient comme un gant.

« Où le scrupule va-t-il se nicher? Croiriez-vous que ces deux saintes se trouvaient pleines de défauts? Paule s'accusait de paresse, et Lucile se désolait de la froideur de ses prières : en d'autres termes, Marie aurait voulu ressembler à Marthe, et Marthe souhaitait les dons de Marie. Elles essayèrent d'empiéter sur le terrain l'une de l'autre; mais cela leur réussit mal : Lucile s'embrouillait dans les neuvaines qu'elle commençait; quant à Paule, elle perdait le long du chemin la moitié du bouillon qu'elle portait aux malades. Elle essaya un jour de faire le lit d'une femme infirme : le lendemain, la pauvre malade avoua à Lucile qu'elle n'avait jamais trouvé sa couche si dure.

« Mais, mon Dieu, monsieur le percepteur, je m'embarque dans des détails puérils, et vous raconte là des choses bien ennuyeuses.

— Du tout, Madame, dit le percepteur. J'ai lu des romans dans lesquels l'auteur emploie plusieurs pages à décrire le costume d'une châtelaine ou les ferrements d'une vieille porte; je préfère la description détaillée d'une âme, surtout quand cette âme est noble et pure comme celles de vos héroïnes.

— Vous m'encouragez, Monsieur, » répondit Mme de Nollet, et elle continua :

« Mlles de la Coudraie ne se pressèrent pas de mettre leur projet à exécution : la majorité sonna, et les deux sœurs ne bougèrent pas. Saint-Julien se prit alors à concevoir des espérances; évidemment, les jeunes héritières avaient réfléchi, et elles étaient revenues sur une résolution prise dans un moment d'exaltation mystique.

« Mlle Robichon, la modiste en vogue, assurait que la femme de chambre de ces demoiselles lui avait confié que ses maîtresses ne songeaient plus au couvent, et qu'elle, Mlle Robichon, allait se voir commander, au premier jour, des parures dont il serait parlé dans le département des Deux-Sèvres.

« Le doute n'était plus possible : on jugea qu'il ne fallait pas laisser attendre à la porte les nouvelles converties. Invitation à une soirée dansante fut adressée, pour ses nièces, à Mme de Brimont. La vieille dame écrivit pour remercier et dire que sa santé ne lui permettait pas en ce moment d'accompagner ses nièces.

« La réponse lue, épluchée et commentée, toute la société de Saint-Julien tomba d'accord que les parures n'étaient pas prêtes, mais qu'on les attendait avec impatience à la Coudraie, et qu'une autre invitation serait bien accueillie.

« Le monde se trompait : Paule et Lucile n'avaient pas eu sur leur vocation une seule hésitation et un seul doute. Il y avait longtemps que Mme de Brimont leur avait dit : « Mes chères petites, ne vous préoccupez pas de moi, et allez où Dieu vous appelle. » De ce côté-là, point d'obstacles. Une seule chose, peut-être, les aurait arrêtées, c'eût été la nécessité, pour les deux sœurs, de se quitter ; or elles n'avaient jamais pensé à une séparation. Elles voulaient se donner à Dieu ensemble, le même jour, et dans la même maison. Elles s'aimaient tant! Il y avait entre elles des sympathies si mystérieuses et si extraordinaires! Il était rare que l'une ne partageât pas les émotions de l'autre; elles avaient été malades en même temps, du même mal, et avaient guéri presque à la même heure. Un jour que Lucile avait accompagné sa tante dans un court voyage, Paule, restée à la Coudraie, fut prise d'une crise de tristesse et de larmes qu'elle ne pouvait s'expliquer. En ce moment, la voiture dans laquelle se trouvaient Mme de Brimont et sa nièce était renversée, et Lucile n'échappait à la mort que par miracle. Qui donc oserait séparer ces deux sœurs? Non, elles vivraient ensemble dans la solitude et la prière; et qui sait si Dieu, qui les avait fait naître à la même heure, ne les appellerait pas à la gloire du ciel à la même heure aussi? Telles étaient les pensées intimes des deux sœurs.

« Cependant le temps s'écoulait, et Lucile et Paule ne quittaient pas la Coudraie; à vingt-quatre ans elles y étaient encore. On se permettait, à Saint-Julien, quelques railleries sur les deux vieilles filles, qui allaient, dit-on, coiffer certaine sainte. Elles étaient allées plusieurs fois faire des retraites à X...; des ecclésiastiques célèbres par leur talent et leur piété avaient visité la Coudraie. Dans chacune de ces circonstances, Saint-Julien avait annoncé le départ des deux sœurs, et les deux sœurs n'étaient pas parties.

« Il leur était indifférent (elles le croyaient du moins) d'entrer dans un ordre ou dans un autre.

« — Je n'ai pas de préférence, disait Paule, et

j'entrerai les yeux fermés dans le couvent où Lucile entrera.

« — Choisis le costume que tu voudras, disait, en souriant, Lucile à sa sœur; je suis sûre qu'il sera de mon goût et m'ira parfaitement. »

« J'assistai un jour à ces débats, et je me retirai les yeux pleins de larmes.

« Dieu prononça.

« Dans le cours de l'été dernier, les deux sœurs se promenaient en récitant le chapelet, dans la grande charmille du château; un petit berger accourut essoufflé, et tout en larmes.

« — Qu'y a-t-il, Léonard? dit Lucile, en s'arrêtant court au milieu d'un *Pater*.

« — Demoiselle, répondit l'enfant, ma grande sœur vient de tomber malade tout d'un coup; mon père est allé chez le médecin et le curé, et moi je *me suis encouru* vous chercher.

« — Nous te suivons, petit, » dirent les deux sœurs; et elles se rendirent à la métairie, qui n'était séparée que par la grand'route et deux châtaigneraies.

« Quand elles arrivèrent, la jeune paysanne était morte. Elles l'embrassèrent pieusement, prièrent et pleurèrent avec la famille; puis, après avoir vidé en cachette leur bourse sur un coin de la table, elles partirent, et les pauvres gens, absorbés dans leur douleur, ne songèrent pas à les accompagner.

« Arrivées sur la route qu'elles devaient traverser, Paule et Lucile aperçurent quelque chose qui brillait dans une touffe d'herbe venue sur les bords du fossé. Elles se mirent instinctivement à courir toutes deux, et saisirent en même temps l'objet de leur naïve curiosité. C'était un petit reliquaire d'argent; il s'ouvrit, et chacune des deux sœurs en garda la moitié dans la main. Sur le fond du reliquaire que tenait Paule, l'artiste avait représenté sainte Thérèse en prières; quant à Lucile, elle vit, sur le couvercle qui lui était échu pour sa part, saint Vincent de Paul bénissant des sœurs de Charité à genoux, et les bras chargés de petits enfants.

« Elles regagnèrent, sérieuses et à pas lents, le château de la Coudraie.

« Quinze jours plus tard, Paule entrait au couvent des carmélites de X..., et Lucile partait pour Paris afin de commencer son noviciat dans la maison des sœurs de Charité.

« Elles ne se reverront qu'au ciel. »

Mme de Nollet se tut; les convives rentrèrent en ce moment au salon, et le percepteur, assis à une table de whist, oublia peut-être bientôt les impressions qu'avait pu lui causer cette simple histoire.

DOUZE MÉTIERS, TREIZE MISÈRES

PROVERBE

PERSONNAGES

M. VICTOR LENORMAND, industriel.
M. EUGÈNE LENORMAND, frère de Victor, et fabricant de boutons.
Mme VICTOR LENORMAND.
BERNARD, paysan.
ÉTIENNE, domestique de M. Victor Lenormand.

(La scène représente un grand cabinet de travail.)

SCÈNE I

M. VICTOR LENORMAND. — Parce que mon père a été fabricant de boutons, est-ce une raison pour que ses fils fabriquent des boutons jusqu'à la fin du monde? Franchement je n'en vois pas la nécessité.

Je veux être un grand industriel et point un petit négociant. Eugène a beau dire, il faut faire grand dans la vie. Le commerce ne sera jamais pour moi une épicerie.

SCÈNE II

LE MÊME, EUGÈNE LENORMAND

EUGÈNE LENORMAND. — Bonjour, Victor.

VICTOR LENORMAND. — Bonjour, Eugène.

EUGÈNE LENORMAND. — Ta famille va bien?

VICTOR LENORMAND. — A merveille. Et la tienne?

EUGÈNE LENORMAND. — Très bien, Dieu merci! As-tu, frère, un moment d'attention à me donner? (Il s'assied.)

VICTOR LENORMAND. — Je suis à toi.

EUGÈNE LENORMAND. — Tu sais que, quoique je sois de dix ans plus vieux que toi, j'ai toujours été très sobre à ton égard de conseils et même de simples observations.

VICTOR LENORMAND. — Où veux-tu en venir?

EUGÈNE LENORMAND. — A te dire, mon cher ami, que je suis inquiet de ta facilité à entreprendre de si nombreuses et de si diverses affaires. Notre père nous a laissé à chacun deux cent mille francs. Entre nous, tu avais un peu écorné ta portion lorsque tu t'es rangé, marié, et mis dans le commerce et l'industrie. Supposons pourtant que tu aies commencé avec deux cent mille francs ronds; crois-tu que cette somme puisse suffire au roulement d'une manufacture de draps, d'une fabrique de porcelaine et d'une fabrique de bougies?

VICTOR LENORMAND. — Vous oubliez, mon frère, l'exploitation d'une grande forêt. Depuis huit mois, j'ai affermé pour dix ans tous les bois de M. le comte de Gricourt, c'est-à-dire la forêt de Soignes.

EUGÈNE LENORMAND. — Il ne manquait plus que cela! tu cours à la ruine, malheureux!

VICTOR LENORMAND. — Faites-moi grâce de vos souhaits, je vous prie.

EUGÈNE LENORMAND. — Tu te fâches, donc tu as tort. Souviens-toi du proverbe : « Douze métiers, treize misères.

VICTOR LENORMAND. — Et toi, avec ta petite fabrique de boutons, n'oublie pas cet autre adage : Il faut avoir plusieurs cordes à son arc.

EUGÈNE LENORMAND. — Qui trop embrasse mal étreint.

VICTOR LENORMAND. — Souris qui se fie à un seul trou sera bientôt prise.

EUGÈNE LENORMAND. — Prudence est mère de sûreté.

VICTOR LENORMAND. — *Audaces fortuna juvat*, c'est-à-dire la fortune favorise les audacieux.

EUGÈNE LENORMAND. — Puisse-t-elle te favoriser! Te voilà prévenu. Adieu. (Il sort.)

SCÈNE III

VICTOR LENORMAND. — Quel peureux ! Il a toujours été ainsi. Lorsqu'il avait vingt ans, et moi dix, et que nous jouions ensemble, j'étais le plus aventureux. Lui ne voulait guère jouer qu'à coup sûr. Un bon système pour ne pas perdre, mais une mauvaise méthode pour gagner. J'attends Étienne à chaque instant. Il doit m'apporter les inventaires de mes trois fabriques. Je suis à peu près sûr que les gains ne seront pas considérables; je ne serais même pas étonné qu'il n'y eût pas de gain du tout : qu'est-ce que cela prouverait? Faut-il s'abstenir de semer parce que la grêle ou la gelée ont fait avorter la moisson? Vienne une bonne année, et je puis tripler ma fortune, tandis qu'Eugène végétera toute sa vie avec sa petite fabrique de boutons. (On frappe à la porte du cabinet.) Entrez.

SCÈNE IV

LE PRÉCÉDENT, ÉTIENNE

ÉTIENNE. — Monsieur Lenormand, j'ai l'honneur de vous saluer.

M. VICTOR LENORMAND. — Bonjour, mon garçon. Tu m'apportes des papiers, pose-les là. (Il lui montre son bureau.)

ÉTIENNE. — Voilà. (Il dépose les papiers et sort.)

SCÈNE V

M. Victor Lenormand. — Voyons ces inventaires. (Il parcourt les papiers. Au bout d'un quart d'heure de lecture il se lève et se promène à grands pas dans son cabinet.) Soixante mille francs de perte en un an dans mes trois fabriques! C'est considérable! C'est énorme! Il faut que mes contremaîtres me volent ou me laissent voler. Voilà un désordre que je vais réprimer énergiquement. En attendant cachons ce résultat à ma femme et à mon frère. Les plaintes de Louise, les conseils d'Eugène achèveraient de me faire perdre la tête; et j'en ai besoin de ma tête! Soixante mille francs de perte! — Je tremble que l'exploitation de la forêt de Soignes ne m'ait pas mieux réussi. Je ne tarderai pas à être fixé. La diligence arrive à quatre heures; il est quatre heures et quart, Bernard sera ici dans quelques minutes. (On frappe.) Je crois que c'est lui. Entrez.

SCÈNE VI

M. VICTOR LENORMAND, BERNARD

M. Victor Lenormand, d'un ton nerveux. — Bonjour, Bernard, posez votre chapeau, asseyez-vous carrément, et tâchez de vous expliquer sans vos préambules ordinaires. Quoique vous ne sachiez ni lire ni écrire, je sais que vous connaissez l'état de mes affaires aussi bien et même mieux que mon régisseur. Où en est l'exploitation de la forêt de Soignes? Suis-je en perte? suis-je en gain? Les recettes et les dépenses se balancent-elles? Parlez.

BERNARD. — Je vais vous dire, notre maître. Pour un bon bois, c'est un bon bois que le bois de Soignes. Feu M. le marquis, le père de M. le comte de Gricourt, y fit, il y a vingt ans, un coupe qui lui rapporta cent mille francs. Quand je dis cent mille francs...

VICTOR LENORMAND, l'interrompant. — Je ne vous demande pas ce que M. de Gricourt retira de sa forêt il y a vingt ans, mais ce que j'en ai retiré depuis huit mois.

BERNARD. — Je vais vous dire, notre maître. Il y a coupe et coupe. La coupe de M. le marquis était faite sur une forêt qui n'avait pas senti la hache depuis un temps très éloigné. Feu M. le duc de Gricourt, le père de feu M. le marquis, le père de M. le comte, tenait à un baliveau comme à la prunelle de son œil ou à une dent de devant. Croiriez-vous qu'un jour...

VICTOR LENORMAND, impatienté. — Au fait! au fait! Bernard.

BERNARD. — J'y arrive, notre maître. Pour qu'une coupe soit bonne, il faut qu'elle porte sur le fagotage et le bois de travail et à brûler. Voilà pourquoi feu M. le marquis de Gricourt me disait: Filleul (il faut vous dire qu'il était mon parrain)...

VICTOR LENORMAND. — C'est ennuyeux à la fin des fins! Que de mots pour ne rien dire! Est-ce que je perds? Est-ce que je gagne? Explique-toi.

BERNARD. — Eh bien ! notre maître, vous perdez.

VICTOR LENORMAND. — Combien ?

BERNARD. — Plus de quarante mille francs.

VICTOR LENORMAND, d'un air consterné. — Quarante mille francs ! C'est impossible.

BERNARD. — Faites excuse, notre maître. D'abord, vous avez affermé trop cher : ensuite, vous n'avez pas assez surveillé l'exploitation. En veillant au grain, je veux dire au bois, et en passant les jours et les nuits, vous seriez arrivé à ne perdre presque rien. Savez-vous, notre maître, que vous avez en forêt cent cinquante bûcherons qui ne font guère d'ouvrage, et qui emportent chaque fois, outre le prix de la journée, un bon fagot auquel ils n'ont pas droit ? Il y en a qui emportent des bûches ; quelques-uns vont jusqu'à voler du bois propre à la charpente. Ça va vite, voyez-vous, notre maître ?

VICTOR LENORMAND. — C'est bon ! Voilà ce que je voulais savoir ; tu peux te retirer. J'aviserai.

BERNARD. — Vous ferez bien, notre maître, vous ferez bien.

SCÈNE VII

Quarante mille francs perdus en huit mois ! (On entend un bruit de pas.) Voilà ma femme, elle prend bien son temps ! Dissimulons.

SCÈNE VIII

VICTOR LENORMAND, SA FEMME

Mme VICTOR LENORMAND. — Je ne te dérange pas?

VICTOR LENORMAND. — Du tout! du tout! C'est-à-dire, pour être franc, un peu, j'étais occupé à regarder des comptes.

Mme LENORMAND. — J'aurai bientôt fait. Devine qui a acheté la ferme de Belair.

VICTOR LENORMAND. — Est-ce que je sais?

Mme LENORMAND. — C'est ton frère.

VICTOR LENORMAND. — Eugène?

Mme LENORMAND. — Sans doute. Il vient de me l'apprendre à l'instant. Il était venu pour te le dire; mais il paraît que vous vous êtes contrariés : ce qui fait qu'il est parti sans s'expliquer.

VICTOR LENORMAND. — Et combien a-t-il acheté cette ferme?

Mme LENORMAND. — Trois cent mille francs, dont deux cent mille payés comptant.

VICTOR LENORMAND. — Le métier de fabricant de boutons est bon! Pardon, chère amie, laisse-moi un peu que j'en finisse avec ces paperasseries. (Elle sort.)

SCÈNE IX

VICTOR LENORMAND. — Comme Eugène triompherait s'il connaissait les pertes que je viens de faire!

C'est pour le coup qu'il me répéterait : Qui trop embrasse mal étreint ; douze métiers, treize misères. Le voici, je crois.

SCÈNE X

VICTOR LENORMAND, EUGÈNE LENORMAND

VICTOR LENORMAND. — Mes compliments, Eugène, sur ton acquisition.

EUGÈNE LENORMAND. — Rengaine-les : je n'ai rien acquis.

VICTOR LENORMAND. — Vraiment?

EUGÈNE LENORMAND. — Vraiment. J'ai dit à ta femme que j'avais acheté Belair, et je regardais, en effet, le marché comme conclu. Mais, au moment de dresser l'acte, il est survenu une difficulté qui m'a décidé à rompre l'affaire. Je préfère placer mon argent à intérêts. Pour commencer, je te prie de te charger de cent mille francs, que voici en billets de banque.

VICTOR LENORMAND. — Eugène! Eugène!...

EUGÈNE LENORMAND. — Bernard m'a parlé; j'ai vu ton banquier. Il te faut cent mille francs tout de suite pour liquider ta fabrique de porcelaine, ta manufacture de drap et ta forêt. Il te restera ta fabrique de bougies, une solide et bonne affaire que tu connais, et qui te rapportera de beaux bénéfices dès que tu y consacreras ton temps et ton intelligence. Tu m'auras remboursé avant cinq ans.

VICTOR LENORMAND. — Oh ! mon frère, comment pourrais-je ?...

EUGÈNE LENORMAND. — C'est bon ! c'est bon ! Est-ce que tu n'en aurais pas fait autant et plus pour moi ? D'ailleurs mon prêt n'est pas aussi désintéressé que tu le crois. Tiens-toi bien : je vais te décocher, en sortant, la flèche du Parthe : Douze métiers, treize misères. Qui trop embrasse, mal étreint.

LE GAGNE-PETIT

On a fait cent fois la monographie de l'Auvergnat à Paris, de ces braves porteurs d'eau, simples comme le liquide qu'ils transportent, et moins nets. Il reste à dépeindre la physionomie, et les faits et gestes de l'Auvergnat dans les campagnes de France.

Malgré la multiplication désastreuse des foires et marchés, malgré aussi l'installation des boutiques dans le moindre village, nos grandes routes et nos chemins vicinaux voient circuler un grand nombre de natifs de Saint-Flour et d'Aurillac. Quelques-uns conduisent des charrettes bondées de marchandises de toute espèce; l'immense majorité va à pied et porte la balle sur l'épaule. Parapluies, mouchoirs, toile, objets de mercerie, de quincaillerie, de chaudronnerie, de vitrerie, il y a un peu de tout dans cette balle. Pourtant, depuis quelques années ces commerçants nomades sont devenus spécialistes. Plusieurs ne tiennent qu'un seul article. Il serait difficile de trouver aujourd'hui, comme il y a vingt ans, dans une balle d'Auvergnat, des parapluies, du fromage, des peignes, des miroirs et des casseroles.

Telle balle ne contient pas plus de 30 fr. de marchandises ; telle autre représente un capital de 5 à 600 fr.

Il est bien entendu que lorsque la balle est vide, le porteur ne retourne pas en Auvergne la remplir. S'il n'a pas sa charrette-magasin remisée dans l'auberge de quelque gros bourg, il va s'approvisionner à la ville la plus voisine.

Une ville de deux à trois mille habitants serait bien peu favorisée du ciel si elle ne possédait pas dans ses murs un Auvergnat établi, marié, père de famille et naturalisé Breton, Berrichon ou Limousin. C'est chez ce compatriote que le porteballe va de préférence faire ses emplettes.

Le marchand, devenu négociant, traite avec indulgence le porteballe. Les loups ne se mangent pas entre eux.

On n'a jamais pu savoir quel bénéfice un Auvergnat consciencieux prélevait sur sa marchandise. On a parlé de 50 p. 0/0, de 80 et même de 100 p. 0/0. Il doit y avoir là de l'exagération.

Ce qui est sûr, c'est que j'ai vu vendre à une jeune paysanne 2 fr., un petit miroir qui coûtait en ville 75 cent.

Ayant voulu faire observer au marchand que c'était par trop gagner, le porteballe me répondit que les

2*

miroirs étaient *fragiles;* qu'il y avait *souvent* de la *casse*, et que quelques *sous* de plus ou de moins n'étaient pas grand'chose.

Lorsque la vente ne va pas, l'Auvergnat a parfois recours à des ruses plus ou moins coupables et ingénieuses.

Une des plus fréquentes est celle-ci, qui ne manque jamais de réussir.

Le marchand tombe, avec son ballot, dans quelque mare ou bourbier situés toujours à l'entrée d'un village. Naturellement la marchandise est mouillée et salie. L'Auvergnat alors s'arrache les cheveux, pleure, crie, et se démène, jusqu'à ce que la population de tout le village se soit rassemblée sur le théâtre de l'accident. En vain, hommes, femmes, enfants, vieillards, essayent de consoler le malheureux porteballe, il se prétend ruiné, ne veut entendre à rien, parle d'aller se noyer ou se pendre. A la fin il prend une grande résolution. Il offre ses marchandises avariées et ses étoffes salies à 50 p. 0/0 de rabais. Les paysans se hâtent de profiter d'une aussi bonne occasion, et le tour est fait.

Il ne faudrait pas croire que le commerce de l'Auvergnat soit facile. Le malheureux marchand est obligé de s'égosiller une heure pour vendre un cent d'épingles ou une pelote de fil.

Qui n'a pas vu un Auvergnat vendre un parapluie de coton à un paysan limousin n'a pas l'idée de tout le génie qui peut être mis dans une négociation. Bismark et M. Thiers n'ont pas dû déployer plus de ruses, ni exécuter plus de mines et de contre-mines.

D'habitude, la marchand auvergnat rapporte chez lui, à la fin de sa campagne, une petite somme rondelette. Ce gain est dû en grande partie à des prodiges de sobriété et d'économie. L'hospitalité campagnarde y est aussi pour beaucoup.

Si l'Auvergnat ambulant devait payer partout son gîte et son repas, il arriverait vite à manger entièrement les bénéfices. Il ne se soutient qu'en logeant, mangeant et couchant *gratis*, c'est-à-dire pour l'amour de Dieu, dans les fermes et métairies qu'il rencontre sur sa route. Le paysan qui ne donnerait pas volontiers deux sous, donne, sans y regarder de trop près, une place à son foyer, à sa table, et un lit dans sa grange à foin.

Cette hospitalité est d'autant plus méritoire que beaucoup de préjugés existent un peu partout dans les campagnes à l'égard des marchands ambulants.

Sont-ce les bohémiens, sont-ce les Auvergnats, sont-ce les renards qui dévastent, la nuit, les poulaillers? On glose beaucoup là-dessus dans les campagnes de la Sologne, de la Creuse et du Limousin. Le remouleur ou gagne-petit est un des Auvergnats les plus suspects. Nos campagnards ne comprennent guère qu'on puisse gagner honnêtement sa vie avec une manivelle qui ne vaut pas 6 francs. Il y a pourtant des gagne-petit très honnêtes : témoin l'histoire suivante, que j'aurais dû raconter tout d'abord, au lieu de m'embarquer dans un long préambule.

Depuis quinze ans, Michel Bazoire, le remouleur, venait en droiture, chaque année, dans le petit arrondissement de Rochechouart, et n'en sortait pas pendant les neuf mois que durait sa campagne. Il avait fini par être connu de tout le monde. Les femmes souriaient à Michel; les hommes lui donnaient des poignées de main; les petits enfants regardaient avec admiration tourner la meule du gagne-petit, de laquelle s'échappaient de brillantes étincelles.

Comme Michel était grand, fort, et pourvu d'une grande barbe, les parents en menaçaient les enfants mutins comme d'un croquemitaine.

Lorsqu'une mère disait à son mioche : « Prends garde! voici Michel qui va t'emporter en Auvergne! » le pauvre enfant tremblait comme pourrait le faire un petit collégien qu'on menacerait de la Sibérie.

C'était un bon chrétien que Michel, dit le gagne-petit, dit le croquemitaine. Jamais il ne repassait les couteaux le dimanche. Il lui était arrivé de faire plusieurs lieues afin de ne pas manquer la messe un jour d'obligation. Un certain jour de Pâques, le sacristain de la Giraudière étant tombé subitement malade dans l'église et dans l'exercice de ses fonctions, Michel le remplaça et répondit à la messe comme s'il n'avait fait que cela toute sa vie. A la vérité, quelques mauvais plaisants prétendirent que Michel disait le *Confiteor* en auvergnat et non en latin; mais ce n'est ni admissible, ni même supposable.

Tant il y a que le gagne-petit était estimé et aimé dans l'arrondissement de Rochechouart en général et dans la commune de la Giraudière en particulier.

Hélas! qu'il faut peu compter sur la durée de la bienveillance et même de la justice des hommes!

Un jour, ou plutôt une nuit, tout le bourg de la Giraudière dormait à poings fermés, lorsqu'un incendie se déclara dans la grange des Lenoir, où Michel était allé se coucher. Parce qu'il y a des pompiers à Nanterre, il ne faut pas croire qu'il s'en trouve partout. L'incendie dévora quatre granges et cinq maisons avant qu'on fût parvenu à l'arrêter.

Il est vrai qu'au lieu de s'appliquer à éteindre le feu, les paysans perdirent du temps à chercher qui l'avait mis.

Comme l'incendie avait commencé dans la grange où couchait Michel, quelqu'un s'avisa de dire que c'était l'Auvergnat qui avait mis méchamment le feu au foin et à la paille.

Cette calomnie courut encore plus vite que la flamme.

Sans le curé, le maire et le docteur Blanchard, qui lui firent un rempart de leurs corps, le malheureux Auvergnat eût été jeté au milieu du brasier par les paysans devenus furieux.

Cependant l'incendie gagnait. Deux enfants oubliés au second étage d'une ferme criaient comme des brûlés. Des torrents de fumée mêlés de langues de flamme sortaient sans cesse de toutes les fenêtres de la ferme.

On se hâta d'apporter des échelles : la difficulté fut d'y monter. Pendant que les plus braves hésitaient, Michel s'élança et disparut bientôt dans la maison en proie aux flammes. Il reparut au bout de quelques minutes avec les deux enfants sains et saufs. La maison s'écroula un instant après dans un brasier.

Le pauvre gagne-petit fit, à la suite de toutes ces émotions, une longue maladie.

Lorsqu'il fut guéri, M. le curé de la Giraudière fit son éloge au prône de la grand'messe.

« Ne fallait-il pas être insensé, s'écria-t-il, d'accuser du crime d'incendie un honnête homme, et un bon chrétien comme Michel? »

On s'est bien repenti à la Giraudière d'avoir soupçonné l'Auvergnat, et on lui a fait de grandes excuses. Il n'eût tenu qu'à lui de se marier avantageusement dans le pays.

Lorsqu'il revient, chaque année, dans l'arrondissement de Rochechouart, il est accueilli et fêté par tout le monde. Les plus pauvres lui donnent à aiguiser des couteaux et des ciseaux, encore en fort bon état et pouvant se passer de la meule du gagne-petit.

LE DIMANCHE OU LE LUNDI[1]

Encore une grandeur déchue! Pauvre vieille route abandonnée! elle se déroule toujours entre deux haies de grands peupliers, de châtaigniers touffus et de vieux chênes; mais qu'elle est changée! Si vous l'aviez vue, il y a vingt ans! elle était sillonnée jour et nuit par d'élégantes calèches, des diligences remplies de voyageurs et de lourds chariots de transport. Ce n'étaient que bruits de roues, tintements de grelots et claquements de fouets.

La chaussée, soigneusement entretenue, faisait plaisir à voir, et la toilette des fossés était irréprochable. De plantureuses auberges, des granges, vastes à contenir une noce de village, des écuries et des remises qui ne finissaient pas, bordaient, à courte distance, cette route vraiment royale. Maintenant la

[1] Tiré d'un livre intitulé : *Journal d'un Ouvrier*, chez Amable Rigaud, à Paris.

voie est déserte, mélancolique et silencieuse ; l'herbe l'envahit ; les bâtiments qui n'ont pas été démolis se lézardent et s'écroulent sans que personne en ait souci. Un rival heureux a fait ces ruines : le chemin de fer est là à quelques pas. Il a beau être plat et laid comme un parvenu, les wagons n'en emportent pas moins voyageurs et marchandises à la barbe de la vieille chaussée, et la locomotive la siffle en passant.

Je faisais ces réflexions et d'autres, un beau soir d'été, en suivant la route de la Bastide à Limoges. Après avoir dépassé le village de la Bregère, je me souvins que j'avais une visite à faire à un ouvrier de ma connaissance, et je pris à gauche un sentier ombragé qui m'eut bientôt conduit à la maison qu'habitait Pierre Blondin.

La journée venait de finir, et le jeune ouvrier prenait le frais, en fumant philosophiquement sa pipe sur le seuil de sa porte. Il vint à moi dès qu'il m'aperçut, et m'engagea à entrer. Chose assez rare sous cette latitude, la pièce dans laquelle il m'introduisit reluisait d'ordre et de propreté ; il y avait même un certain luxe indigène : les jolies statuettes de biscuit, les coupes de porcelaine blanche et transparente, étalées sur la commode en noyer, auraient, ailleurs que dans le pays du kaolin, étonné un visiteur. Nous passâmes bientôt au jardin, situé derrière la maison, un beau jardin vraiment, et dont se contenterait plus d'un curé ! Les arbres fruitiers et les légumes dominaient comme de raison ; mais les fleurs ne manquaient pas, de belles fleurs odorantes qui croissent d'elles-mêmes en terre limousine, et qu'on voit toujours avec plaisir, parce que ce sont des visages de connaissance, et non des étrangères dont il faut demander les noms savants et baroques.

Une treille rustique formait le berceau au fond du jardin : Pierre Blondin m'y conduisit, et je m'arrêtai charmé du spectacle que j'avais sous les yeux. Limoges était à mes pieds, baignée dans les flots d'or d'un splendide coucher de soleil. Comment décrire ce beau paysage? Il faudrait un pinceau, et je n'ai qu'une méchante plume.

Du point où je suis, les grands faubourgs situés au nord de la ville se confondent et offrent l'aspect d'une longue et droite ligne de maisons ; puis cette ligne se brise assez brusquement, les rues s'ouvrent en éventail et descendent, irrégulières et rapides, vers la rivière, qui baigne les pieds de la ville. La cathédrale, avec sa tour si bizarrement coiffée, l'élégante flèche de Saint-Pierre, et le haut clocher de Saint-Michel émergent du sein de cette masse confuse et lui donnent une physionomie monumentale et religieuse. On n'aperçoit pas la Vienne, et elle coule trop paisiblement pour qu'on l'entende; mais on la devine à la dépression du terrain et au renflement des collines de Panazol et de Saint-Lazare.

Au nord, le regard est limité et arrêté par les hauteurs de Montjauvi; il passe, au midi, par-dessus la ville et s'étend sur un vaste plateau, coupé de vertes prairies, de maisons blanches, de taillis et de champs de blé. Dans la direction de l'orient, les cimes arrondies de quelques montagnes se dessinent vagues et bleuâtres, et terminent au loin l'horizon.

En cette saison, à cette heure, encadrée dans la verdure et débarrassée du rideau de brouillard qui la couvre trop souvent, la capitale du Limousin avait vraiment bon air : c'était bien la reine du centre de la France, et la cité industrieuse, peuplée de soixante mille habitants.

Du geste Blondin me montra ce magnifique paysage; puis se tournant vers son petit enclos :

« Voyez-vous, Monsieur, dit-il, voilà où je passe mes lundis.

— Vous faites mieux que la plupart de vos camarades ; pourtant je préférerais vous voir passer le lundi dans votre fabrique.

— Eh bien ! franchement, Monsieur, vous m'étonnez, et je vous croyais plus tolérant.

— Je vous assure que je porte très loin l'indulgence.

— Pourquoi donc, dit-il, d'un ton animé, reprochez-vous à l'ouvrier quelques distractions? Nous ne sommes pas de fer, et nous avons besoin de respirer. J'aime, moi, le jardinage; mais tout le monde ne partage pas ce goût, et puis tout le monde n'a pas un jardin. Quel mal y a-t-il qu'un malheureux ouvrier passe le lundi en paletot propre, et aille au café lire le journal et se rafraîchir? On ne sait que nous prêcher l'économie : on nous casse la tête avec la caisse d'épargne : quand j'ai payé ma cotisation mensuelle à ma société, et que je me suis arrangé pour n'avoir besoin ni du mont-de-piété ni du bureau de bienfaisance, je me trouve suffisamment économe. Parce que je me serai privé de tout et épuisé pour ramasser quelques centaines de francs, est-ce que vous croyez que j'aurai fait mon bonheur et celui de ma famille?

— Écoutez, mon cher, vous parlez trop légèrement de la caisse d'épargne. L'économie a du bon et est pour plusieurs le commencement d'une certaine sagesse. A part cela, vous avez raison. Oui, il faut aux ouvriers du repos et quelques distractions : ils ont besoin d'essuyer la sueur de leur front, et de se souvenir qu'ils ont une intelligence, une âme, des destinées immortelles. Qu'ils aillent au café lire le journal et se rafraîchir, pourvu que le journal soit honnête et la *consommation* rafraîchissante et peu coûteuse, soit : le grand point est de choisir le jour du repos. Vous me disiez que vous passiez le lundi dans votre jardin : et le dimanche, où le passez-vous?

— Ah! dame!...

— Je vais vous le dire : vous le passez dans votre fabrique, où vous travaillez jusqu'à midi.

— Il est certain, dit-il, que c'est l'usage de notre usine.

— Et l'usage de beaucoup d'autres, malheureusement!

— Mais, Monsieur, il me semble que chacun est libre...

— Libre de travailler le dimanche, vous croyez cela?

— Ma foi, Monsieur, je crois qu'il importe assez peu qu'on se repose le dimanche ou le lundi, et je n'ai jamais compris que les prêtres fissent tant de bruit à ce sujet. »

Cela était dit avec une conviction si naïve et si pleine de bonhomie qu'il était impossible de s'en fâcher. J'eus pitié de cette pauvre âme.

« Voyons, mon ami, lui dis-je, vous m'avez appris, il y a quelques semaines, une foule de choses que je ne savais pas ou que je savais mal. Grâce à vos explications, la fabrication de la porcelaine n'a plus de mystère pour moi : je connais le kaolin, le feldspath, la terre à gazette, le biscuit, l'émail, les modeleurs, les tourneurs et les useurs de grain. Voulez-vous qu'à mon tour je vous donne quelques éclaicissements sur la question du dimanche. Vous entendez bien que je ne veux faire ni un sermon ni un catéchisme, il ne s'agit que d'une explication très simple.

— Vous êtes bien bon, Monsieur : je vous écouterai avec plaisir.

— Il ne faut pas qu'un plaisir en empêche un autre : reprenez votre pipe, je vous prie.

— Vous permettez ; ça ne vous incommode pas?

— Du tout. »

Pierre Blondin bourra de tabac frais sa pipe, l'alluma, et, s'asseyant près de moi, il dit :

« Allez, Monsieur, allez : je vous écoute comme si vous lisiez le *Siècle*.

— Vous admettez bien que Dieu peut dicter des lois à l'homme?

— Je ne vois pas, dit-il, qui pourrait l'en empêcher.

— En effet. Eh bien, Dieu a fait une loi courte, mais substantielle et féconde, de laquelle découlent les codes, les législations et les jurisprudences. Cette loi se nomme le Décalogue.

— Le Décalogue ! Attendez donc... Le Décalogue, reprit-il du ton d'un homme qui récite, le Décalogue fut donné par Dieu à Moïse sur le Sinaï, au milieu des foudres et des éclairs. Il est question plus loin de tables de pierre et d'un veau d'or... Je sais cela, et je l'ai appris chez les frères.

— Vous devez alors vous rappeler que dans le Décalogue Dieu ordonna aux Juifs de sanctifier, par la cessation du travail, le sabbat, c'est-à-dire le samedi, et d'imiter ainsi le repos mystérieux qu'il prit ce jour-là, après avoir achevé la création du monde. L'Évangile et le christianisme n'ont point aboli ce commandement divin ; ils l'ont, au contraire, renouvelé et confirmé ; seulement, Dieu a changé le jour du repos, et ce n'est plus le samedi, c'est le dimanche que les chrétiens sont obligés d'observer. Voilà la loi ; elle vient de Dieu, date de l'origine des choses et a été observée depuis dix-huit cents ans par l'univers chrétien. Les protestants eux-mêmes n'ont pas osé la nier, et ils l'observent. Après cela, savez-vous ce que c'est que travailler le dimanche, sans raison et par caprice ? C'est tout simplement se révolter contre Dieu, déchirer et fouler aux pieds l'Ancien et le Nouveau Testament, insulter à la croyance et à la conduite de dix-huit siècles chrétiens, ramener enfin la société chrétienne au paganisme.

— Comment ! Monsieur, dit Pierre Blondin, c'est aussi sérieux que ça ?

— Oui, et ce n'est pas tout. L'Église ordonne d'entendre la messe le dimanche. Lorsqu'on traite Dieu aussi cavalièrement, on serait bien bon de se gêner avec l'Église; aussi ne se gêne-t-on pas. On travaille le dimache jusqu'à midi précis, et lorsque les messes sont dites, vos fabriques, vos ateliers s'ouvrent et jettent sur les rues et les places, au milieu d'un public qui ne s'en étonne plus, des nuées de travailleurs. Il y a là des vieillards qui mourront demain, des jeunes filles exposées à tous les dangers et qui auraient tant besoin du secours de la prière, des enfants qui savent blasphémer et qui ne savent pas le *Pater*. J'ai connu un petit garçon qui gagnait huit sous par jour et que sa mère, à qui le pain manquait, a été obligée de retirer d'une fabrique afin qu'il pût entendre la messe le dimanche et se préparer à sa première communion. C'est tout au plus si, deux ou trois fois dans l'année, à Noël ou à Pâques, ces malheureux serfs de l'industrie moderne peuvent briser le boulet du travail et faire une apparition dans l'église, où on est étonné de les voir, et où ils semblent eux-mêmes surpris de se trouver. Oh! que la porcelaine coûte cher! Je n'accuse personne; j'ignore qui est responsable d'un tel état de choses; ce que je puis dire, et ce que je dis hautement, c'est que cet état de choses est absurde et impie.

— Il est certain, dit Blondin, qu'en se plaçant à votre point de vue...

— Comment, à mon point de vue! dites donc, au point de vue de Dieu, au point de vue de la vérité, au point de vue de vos intérêts les plus évidents. Savez-vous ce que font, pour la plupart, ces profanateurs du dimanche? Ils chôment longuement le lundi. Des hommes ayant femmes et enfants, des jeunes gens dont les vieux parents ne peuvent plus travailler, vont le lundi au café et au cabaret dépenser en quelques heures le gain d'une semaine et dévorer dans les plaisirs égoïstes la santé et la vie d'une famille entière. Aussi, sous les dehors du progrès et du bien-être, la gêne et la misère augmentent, et nous voyons, dans les grandes villes manufacturières, le quart de la population inscrit par sa faute au bureau de charité. Je sais bien que les causes de cette détresse sont diverses et multipliées; mais je crois que la profanation du dimanche et la célébration du lundi jouent là un rôle très considérable, le plus considérable probablement. »

Pierre Blondin allait répondre lorsque quelqu'un entra dans le jardin; c'était Louis Pimpaneau, que je connaissais un peu.

Louis Pimpaneau avait quitté jeune le bourg natal. D'abord simple ouvrier, il était devenu en peu d'années commis voyageur, contremaître, associé, et enfin seul et unique seigneur d'une petite fabrique qui grandissait tous les jours. Pour conquérir cette position, rien ne lui avait coûté. Debout la nuit et le jour, veillant à tout, aiguillonnant sans cesse son personnel, vendant le lundi une fournée à Madrid et l'expédiant lui-même le jeudi suivant à Limoges, il avait, vingt ans de sa vie, travaillé comme un forçat: honnête homme d'ailleurs et à cheval sur la probité commerciale.

Enfin il était arrivé! Pour se reposer un peu, il fermait exactement sa fabrique aux quatre grandes fêtes de l'année, et ne travaillait plus que seize heures par jour. On estimait sa fortune à trois cent mille francs. Sa fille avait épousé un notaire, et son fils devait être substitut s'il parvenait à devenir bachelier. Depuis longtemps Louis Pimpaneau ne lisait plus le *Siècle*, et il ne se gênait pas pour dire que c'était le journal des petites gens. Il aspirait à être membre du conseil municipal, et, qui sait? peut-être à la longue adjoint. Ses anciens camarades lui pardonnaient sa fortune parce qu'il n'était pas fier et se laissait tutoyer par plusieurs d'entre eux. Pimpaneau aimait Pierre Blondin, avec qui il était allé à l'école; il venait de loin en loin le voir et lui donner des conseils dont l'insouciant ouvrier tenait assez peu compte.

Tel était le personnage qui entrait sous la treille de Blondin.

« Bonsoir, Messieurs, » dit-il en saluant.

Puis, s'adressant à moi :

« Monsieur, je ne m'attendais pas au plaisir de vous rencontrer chez mon ami. Vous venez donc voir ce méchant garçon? Vous faites bien; donnez-lui vos bons conseils et prêchez-lui l'économie; si vous réussissez à le convertir, vous serez plus heureux que moi.

— Monsieur, dit Blondin, m'enseigne mieux que l'économie : il m'apprend à sanctifier le dimanche : un bon enseignement et dont tu pourrais prendre ta part.

— Ah! le dimanche! dit Pimpaneau, une belle institution, et à laquelle je ne fais qu'un reproche.

— Lequel? dis-je.

— C'est de revenir trop souvent.

— Farceur ! dit Blondin, le dimanche ne revient pas plus souvent que le lundi.

— Je parle sérieusement, dit Pimpaneau, peu flatté d'être traité avec autant de sans-gêne : le dimanche est sans doute un vieil usage très respectable, mais...

— Comment ! comment ! dit Blondin en lui coupant la parole ; le dimanche un vieil usage ! c'est une loi divine, mon cher, que Dieu a pris la peine de faire lui-même, qui date de l'origine du monde et qui, chez les Juifs, s'appelait le sabbat.

— Te voilà devenu bien savant, dit Pimpaneau ; mais, usage ou loi, je maintiens que le dimanche revient trop souvent. La vie est trop courte, et on y a trop de choses à faire, pour ne rien faire un jour sur sept. Pourquoi l'Église ne traiterait-elle pas le dimanche comme les fêtes qu'elle a diminuées en France et, tout récemment, en Espagne ? S'il n'y avait par mois que deux dimanches qu'on fût obligé de chômer, la loi serait plus facilement observée, et tout en irait mieux.

— Ce changement, répondis-je, est impossible. C'est Dieu qui a ordonné de sanctifier le dimanche ; il y a donc là une loi divine que l'Église a mission d'enseigner et d'expliquer, mais qu'elle ne saurait changer. Il faut en prendre votre parti. Jusqu'à la fin du monde les chrétiens devront se résigner à se reposer tous les dimanches.

— Cependant, Monsieur, le progrès est là !

— Je vous conseille de parler de progrès ! Comment ! ce n'est pas assez de six jours de travail, dsue vos usines, vos manufactures, vos ateliers et vos mines; il faut maintenant que la semaine ait quatorze jours, et qu'un malheureux ouvrier voie diminuer les heures déjà si rares de son repos ! Quel est donc ce progrès qui courbe l'homme sous de nouveaux fardeaux et l'oblige à travailler, non plus jusqu'à la sueur de son front, comme Dieu l'a voulu, mais jusqu'à l'épuisement et l'abrutissement ?

— Bravo ! bravo ! » s'écria Pierre Blondin.

J'étais ému; M. Pimpaneau le remarqua.

« Mon Dieu, Monsieur, dit-il, je n'ai point l'intention de vous blesser; mais vous n'êtes pas dans le commerce, et vous n'en connaissez pas les exigences et les nécessités. J'ai voulu, pour faire plaisir à ma femme et à mes filles, essayer de fermer ma fabrique tous les dimanches : eh bien, c'est impossible, à moins qu'on ne veuille s'exposer à faire de mauvaises affaires.

— Allons donc ! repris-je, ce n'est pas pour avoir fermé le dimanche que plusieurs ont mis la clef sous la porte : et, vous le savez mieux que moi, l'Angleterre et les États-Unis sont les pays de l'industrie et du commerce et on n'y travaille pas le dimanche. Au surplus, la première nécessité est de faire son devoir. *Que sert à l'homme de gagner l'univers s'il vient à perdre son âme.*

— Ah ! dit Pimpaneau, si vous me citez l'Évangile !...

— Et que veux-tu que monsieur te cite de meilleur ? dit Blondin. Mais, Messieurs, ajouta-t-il, vous ne remarquez pas qu'il commence à pleuvoir; laissez la discussion, rentrez chez moi, et, si vous voulez me faire l'honneur de prendre un verre de bière..., eh bien ! vous me ferez plaisir. »

Il va sans dire que nous acceptâmes l'invitation si cordiale du brave ouvrier.

LES RÉCITS DU VIEUX VANNIER

I

On n'a jamais su exactement à quel âge était mort le vieux Bernard, le vannier, qui s'éteignit de vieillesse en 1850, à Savignac. Il assurait, quelques jours avant sa mort, qu'il avait cent ans et quelques mois. Il était incapable de mentir, mais peut-être se trompait-il : on peut bien vers cent ans s'embrouiller dans es mois de nourrice. Les registres publics de la commune de Savignac ayant été brûlés sous la révolution de 93, l'âge précis du père Bernard restera toujours un point obscur : c'est une difficulté de plus à ajouter à tant d'autres aussi importantes qui font l'objet de l'érudition.

On parlera longtemps dans le canton et même dans l'arrondissement du vieux vannier. J'ose même avancer que son nom sera connu quand les noms du député et du conseiller général, qui sont nés à Savignac, auront été replongés dans l'obscurité. Le père Bernard devra cette renommée à ses ouvrages. Qu'on n'aille pas se méprendre, et s'imaginer que par ouvrages je veux parler de livres et d'écrits. Ah ! grand Dieu ! non. Le bonhomme ne sut jamais lire que dans ses Heures. Personne n'a pu se vanter d'avoir vu de son écriture, soit qu'il ne sût réellement pas écrire, soit que sa grande vieillesse l'empêchât depuis longtemps de tenir une plume.

Les ouvrages du père Bernard sont des paniers et des corbeilles, les paniers les plus solides et les plus élégants qu'on puisse voir, des corbeilles si finement tressées que l'eau ne passe quasi pas à travers leurs mailles d'osier : de vraies œuvres d'art !

Un amateur de Paris, à qui j'ai montré quelques-uns de ces objets de vannerie, me disait que les corbeilles de Bernard méritaient, dans leur genre, d'avoir la célébrité des coffrets de Boule, le grand ébéniste.

Les œuvres morales du vannier, je veux dire les bonnes actions dont il remplit sa vie, lui ont certainement fait obtenir une place dans le ciel.

Il perdit sa femme et une fille unique lorsqu'il avait trente-deux ans. Il porta jusqu'à la mort ce double deuil. Rien ne lui eût été plus facile que d'arriver à une jolie aisance, s'il n'avait préféré placer ses économies en aumônes aux pauvres et en dons à l'église de sa paroisse. La belle croix d'argent et les six chandeliers du maître-autel ont été payés par lui. De nos jours, quatre bourgeois, sinon six, réuniraient leur générosité pour faire un semblable cadeau.

Une de ses charités était d'apprendre gratuitement l'état de vannier à des orphelins ou à des fils de veuves trop faibles pour les travaux des champs et trop pauvres pour payer un apprentissage. Il n'a pu communiquer son habileté à aucun de ses disciples; mais plus de cinquante vanniers lui ont dû, les uns un gagne-pain, les autres une profession lucrative.

Toute la paroisse et la moitié du canton assistèrent à ses funérailles. Son éloge fut fait en pleine chaire par M. Bomby, curé de Savignac, un homme bien connu pour ne flatter jamais les vivants ni les morts. Le journal de la localité toucha aussi deux mots du père Bernard.

Cet excellent homme prétendait avoir reçu de grands services, dans son enfance, de la part de mon bisaïeul. Sous ce prétexte, il m'aimait comme un fils et me gâtait à plaisir. Je dus insister pour n'être pas mis dans son testament; sans quoi il m'eût fait héritier de sa maisonnette et de son jardin, une propriété de mille écus, qui est allée à une pauvre veuve et voisine du père Bernard.

Que de belles heures j'ai passées l'été et l'automne sous les grandes châtaigneraies de Savignac, couché sur l'herbe, un livre fermé dans les mains, regardant le vieux vannier tresser ses corbeilles et l'interrogeant sur les personnes, les choses et les mœurs de l'ancien régime! Comme il était né vers 1755, qu'il était naturellement observateur et que sa mémoire était aussi fraîche qu'à quarante ans, sa conversation était du plus grand intérêt.

Je dois en partie au père Bernard la conviction raisonnée que la plupart des immortels principes de 89 sont de dangereuses erreurs ou de vieilles *blagues*.

C'est lui aussi qui a commencé à me faire toucher du doigt cette vérité, à savoir que ce qu'on appelle les abus de l'ancien régime étaient, sur beaucoup de points, des usages précieux qui ont fait la fortune et la gloire des nations assez sages pour les conserver : témoin l'Angleterre.

Il ne faudrait pourtant pas croire que le père Bernard fût un rétrograde et un réactionnaire. Il tenait pour morts et enterrés les us de l'ancien régime, et se serait déclaré content si notre temps et notre pays avaient voulu revenir au vrai Dieu et au vrai roi.

Je lui demandai un jour s'il croyait les paysans et les ouvriers de 1850 plus heureux que leurs grands-pères de 1770.

« Oui et non, répondit-il. Il est certain que les paysans et les ouvriers d'aujourd'hui sont mieux logés et mieux voiturés que ceux d'autrefois. Quoique le vin se fabrique au lieu d'être récolté et que la laine soit mélangée de coton dans la proportion de 60 0|0, je pense que sur une grande partie du territoire le peuple est mieux nourri et mieux vêtu qu'il ne l'était avant 89. Ces améliorations naturelles n'empêchent pas la classe laborieuse d'être plus malheureuse qu'elle ne l'a jamais été. On lui a soufflé l'ambition, la haine, l'envie, l'esprit révolutionnaire, l'impiété, les mauvaises mœurs: ce sont là choses capables de troubler la vie d'un millionnaire, à plus forte raison celle d'un pauvre homme.

« Le salaire des travailleurs serait doublé demain et même quadruplé que leur vrai bonheur n'en serait pas augmenté; peut-être même diminuerait-il.

« Voyez-vous, continua-t-il, mon jeune monsieur, plus on voudra faire de la terre un paradis, et plus on en fera un enfer : rappelez-vous cette parole du vieux vannier. »

Une autre fois, comme je venais de lire le récit d'une affreuse disette qui avait désolé la France dans les premières années de Louis XVI, je demandai au père Bernard s'il se souvenait de cette année calamiteuse.

« Certainement ! dit-il; sans les grands seigneurs et les couvents, le menu peuple aurait péri de faim. La principale supériorité de notre temps c'est que la famine y est beaucoup plus rare qu'autrefois, grâce aux voies de communication. Avant 89, la Picardie pouvait manquer de blé et la Provence en regorger. Il faut reconnaître qu'on a fait sur ce point de meilleures lois et de plus sages règlements. L'agriculture aussi a progressé : tel terrain qui ne produisait que du blé noir porte du seigle et ne tardera pas à donner du froment. C'est ceci, voyez-vous, mon jeune monsieur, et non point les principes de 89, qui a amélioré la situation des travailleurs.

« Savez-vous combien il s'est récolté de sacs de pommes de terre dans la commune, l'année dernière?

— Non, vraiment ! père Bernard.

—Il s'en est récolté 12,000 : ce qui fait quatre sacs par individu. Je n'ai jamais été, tant s'en faut, de l'avis de ces orgueilleux qui disaient : Avec la pomme de terre la famine n'est plus possible. Le bon Dieu, en envoyant au précieux tubercule une maladie qui n'a point encore disparu, nous a bien fait voir que la famine est, comme la peste et la guerre, un fléau qu'il tient toujours dans sa main. Cependant j'avoue que de toutes les conquêtes modernes l'humble conquête de la pomme de terre est celle qui me touche le plus.

« Cela tient, mon jeune monsieur, à ce que j'ai vu incultes ou couverts de moissons maigres et peu productifs les nombreux champs consacrés aujourd'hui à la culture de la pomme de terre.

« Je suis certainement le seul homme en France qui se puisse vanter d'avoir mangé de la première pomme de terre parue dans sa paroisse.

— Qu'est-ce que vous me dites là, père Bernard? répondis-je. Il doit y avoir là une histoire curieuse : pourquoi ne pas me la conter?

— Je veux bien, dit-il. C'était en 1772; j'avais environ quatorze ans. Quoiqu'on fût vers la fin de l'automne, il régnait une chaleur brûlante. J'avais aidé le jardinier du château d'Aiguesvertes à arroser ses fleurs et ses légumes. Le soir venu, il m'offrit quelques pièces de monnaie. Je refusai et lui dis que je l'aiderais encore le lendemain s'il voulait me donner une des pommes de terre que j'avais vues étalées sur le plancher du grenier.

« D'abord il renvoya bien loin cette demande. Les

six tubercules étaient les seuls qui existassent dans le canton et peut-être à vingt lieues à la ronde. Ils devaient être présentés à Mgr le comte d'Aigues-vertes et à quelques nobles agriculteurs qui s'efforçaient d'aider Parmentier à propager la pomme de terre.

« Mon désir était si vif, qu'il toucha sans doute le jardinier. J'emportai à la maison, comme un trésor que j'aurais volé, ce fruit inconnu jusque-là dans notre pays.

« Mon père, ma mère, mes frères, mes sœurs admirèrent longuement ma pomme de terre, qui circula de mains en mains, examinée, soupesée, flairée.

« Mon père était d'avis qu'on la conservât pour la semer au printemps. Mais tout le reste de la famille, moi en tête, ayant opiné pour qu'on la fît cuire, notre père y consentit.

« Alors s'éleva un autre débat.

« A quelle sauce mettre le légume?

« Les uns parlaient de l'accommoder au beurre et au sel, comme nos raves ; d'autres proposaient de le faire bouillir : Fanchette, ma plus jeune sœur, qui était déjà la plus fine de la famille, ouvrit l'avis de mettre la pomme de terre sous la cendre chaude, à côté des châtaignes en train de rôtir : ce qui fut fait.

« La pomme de terre cuite fut laissée refroidir un peu ; puis elle fut dépouillée délicatement de sa pelure brune et cendrée ; enfin on la plaça avec soin dans une belle assiette de faïence blanche à fleurs bleues. Cette assiette fut posée sur une nappe, laquelle n'était mise sur la table qu'aux grandes fêtes de l'année, pour les noces et dans certains cas aussi extraordinaires.

« Ce fut à qui ne toucherait pas à la pomme. Ah! si notre mère Ève avait autant redouté le fruit du paradis terrestre! Chacun, sans oser l'avouer, craignait un peu d'être empoisonné.

« Fanchette, toujours avisée, proposa d'aller réveiller la grosse poule jaune endormie sur le perchoir, et de la faire goûter au nouveau légume.

« Tout le monde sait que les poules connaissent les poisons, sans avoir étudié la pharmacie. Si Cocote mangeait de la pomme de terre, cette nourriture serait sans danger pour les chrétiens.

« Cocote ne se fit pas prier. Elle eût tout mangé si on l'avait voulu.

« Nous nous décidâmes alors. Mon père prit un couteau et coupa la pomme de terre en autant de parties qu'il y avait de membres de la famille présents. Nous portâmes chacun le morceau à la bouche, en souriant, et en nous encourageant les uns les autres.

« Je dois dire que la pomme de terre fut trouvée insipide et même de mauvais goût. Ma mère ne put réussir à l'avaler. Peut-être cela tenait-il à ce que le tubercule n'était pas encore acclimaté dans notre pays.

« Nul de nous ne soupçonna que le bon Dieu donnait là à la France le vrai pain du pauvre.

« On a reconnu cela plus tard, et, au lieu d'en être reconnaissant, on s'en est glorifié et exalté. C'est toujours ainsi. Plus le bon Dieu comble les gens de bienfaits, plus ils se montrent ingrats. Ce serait à dégoûter quelqu'un de moins riche et de moins bon.

« Il y a pourtant des exceptions, et des chrétiens qui remercient la Providence de ses dons. Tâchons, mon jeune monsieur, d'être, vous et moi, de ce nombre. »

Tel fut le récit du vieux vannier.

II

Quelques mois avant la mort du vieux vannier, mon père acheta l'antique et grande maison située sur le marché de Savignac et faisant face à l'église. C'est certainement la plus solide des habitations du bourg, quoiqu'elle date de cinq cents ans. C'est aussi, à mon avis, la plus belle, parce que c'est la seule qui ait du cachet et une physionomie propre. Comment se fait-il que, par ce temps de progrès, nos architectes ne sachent que construire de lourds cubes de maçonnerie percés de plates ouvertures et coiffés d'un lugubre chapeau d'ardoises?

Je me hâtai d'aller apprendre au père Bernard cette acquisition.

« Ah! ah! dit-il, mon jeune monsieur, vous aurez là une belle habitation, et curieuse! Savez-vous que jusqu'à la révolution cette maison a été habitée par la branche cadette des seigneurs de Savignac? Je me réjouis de voir ce vieux logis passer aux mains d'un honnête bourgeois qui ne la transformera ni en auberge, ni en café, ni en théâtre de village. »

En furetant dans notre nouveau domicile, j'aperçus au fond de la cour une pierre ronde assez bien taillée et creusée de quelques pouces de profondeur, avec une échancrure sur les bords en forme de bec de cruche.

Je fis remarquer cette pierre à mon père, qui, ne sachant pas à quel usage elle avait pu servir, consulta M. Gillardon, un archéologue de Savignac, membre de plusieurs sociétés savantes.

M. Gillardon déclara que nous avions là un monument préhistorique des plus curieux, remontant à l'âge de pierre et digne d'être conservé dans un musée. C'était, assura-t-il, un autel portatif, quoique lourd, sur lequel on immolait des victimes humaines.

Lorsque je parlai de l'opinion du savant au vieux vannier, je crus qu'il se démonterait la mâchoire à force de rire.

« Un autel ! dit-il, ah ! bien oui. Votre pierre taillée et creusée est tout simplement un moulin à moutarde. Avant la découverte de la moutarde de Dijon, la moitié des gens de Savignac allait écraser sur votre pierre les raisins et le sénevé, dont ils faisaient le condiment de leur bouilli. Votre nouvelle maison renferme bien d'autres curiosités. Regardez, mon jeune monsieur, au second étage et un peu au-dessus de la croisée du milieu. »

Je me hâtai de retourner à la maison pour découvrir l'objet signalé par le père Bernard. Je n'eus pas de peine à distinguer deux barres de fer rouillé scellées dans le mur, assez courtes, et recourbées à leurs extrémités. Il me parut évident que ces deux morceaux de fer avaient dû servir à suspendre une de ces vieilles enseignes mobiles qu'on aperçoit encore dans quelques petites villes.

L'erreur de M. Gillardon m'avait rendu prudent, aussi demandai-je au père Bernard à quoi avaient servi ces deux barres de fer.

« Devinez, me dit-il.

— Eh bien, répondis-je, il a dû y avoir là une enseigne.

— Oui, répondit-il, mais une enseigne extraordinaire et plutôt faite pour éloigner les gens que pour les attirer. Écoutez ceci, mon jeune monsieur, c'est une histoire terrible, que je suis seul à savoir maintenant dans la paroisse, quoiqu'elle ait fait du bruit en son temps.

« Il ne faut pas croire, continua-t-il, que les mauvais chrétiens soient particuliers à notre époque. C'est une graine qui n'a jamais manqué, quoique aujourd'hui elle soit plus abondante que jamais.

« Pierre Giraud, mon voisin et mon camarade d'école, était un des plus francs vauriens qu'on pût voir. Que de fois M. le curé le fit mettre à genoux au milieu de l'église tout le long de la grand'messe et des vêpres !

« Malheureusement, dès cette époque, on critiquait les prêtres. M. et Mme Giraud prétendirent que leur fils était diffamé par le curé ; de sorte que celui-ci fut obligé d'abandonner son jeune paroissien aux bons soins de ses parents.

« L'abbé Robert se dédommageait au catéchisme. Lorsque, en expliquant le commandement qui défend le vol, il ajoutait : « Qui vole un œuf peut voler un « bœuf, » tous les yeux se tournaient vers Giraud, qui devenait rouge et baissait la tête comme un coupable.

« Le fait est qu'il avait été déjà surpris en flagrant délit de maraude et même de filouterie.

« Il en avait été quitte, vu son âge, pour quelques taloches.

« Malgré ces peccadilles, Giraud entra à vingt ans comme serviteur chez M. le chevalier de Savignac, lequel occupait la maison que monsieur votre père vient d'acheter. C'était une bonne place, et enviée par beaucoup de jeunes gens du pays. Ce malheureux Giraud ne sut pas résister à ses mauvais penchants : il vola un beau jour plusieurs couverts d'argenterie.

« Les couverts ne tardèrent pas à être retrouvés dans un vieux bahut relégué dans un coin du grenier, et dont Giraud avait seul la clef.

« M. de Savignac voulait se contenter de chasser le coupable sans le livrer à la justice, mais les autres domestiques jasèrent. Le sénéchal de Saint-Benoît-le-Grand, qui avait l'oreille fine, ordonna à la maréchaussée d'appréhender au corps Giraud, et de le conduire à la geôle.

« Les lois, à cette époque, étaient sévères contre le vol domestique. Tout serviteur convaincu d'avoir volé son maître était condamné à être pendu. D'ordinaire, on dressait la potence contre la maison même où le vol avait été commis.

« Giraud en passa par là, et les deux barres de fer

scellées dans la muraille de votre habitation y furent mises pour retenir la corde fatale; elles y sont restées depuis lors.

« Le pauvre Giraud, c'est une justice à lui rendre, finit comme le bon larron, en se frappant la poitrine et se recommandant à la miséricorde de Dieu et aux prières des chrétiens.

— Ah! père Bernard, répondis-je, voilà qui est affreux : punir de mort un simple vol! on a bien fait d'abolir une loi aussi cruelle.

— Vous avez probablement raison, mon jeune monsieur, répliqua le vannier. Je vous prie de croire que je ne regrette pas les sévérités de nos anciens codes. Cependant, si on était trop sévère autrefois pour les voleurs domestiques, peut-être a-t-on fini par leur être trop indulgent.

« Non seulement les serviteurs pris en flagrant délit de vol ne sont plus punis de mort, mais ils ne le sont pas du tout.

« Quinze fois sur vingt on leur dit : Allez vous faire pendre ailleurs!

« Ils vont tout simplement voler un peu plus loin.

« J'ai connu un habitant de Savignac qui vola son maître, fut chassé, vola de nouveau, éleva un commerce, fit deux banqueroutes, ruina vingt familles, et couronna ses belles actions en allant se noyer dans le grand étang qui est près du bourg. Il se nommait Jeannot.

« Est-ce que vous croyez que c'eût été un grand malheur pour Jeannot s'il avait été pendu haut et court à son premier vol?

« Il eût sauvé probablement son âme, qu'il a perdue, sans compter que vingt familles eussent évité la ruine, ce qui est bien quelque chose.

— C'est égal, père Bernard, répondis-je, votre ancien régime est trop dur.

— Hé! hé! fit-il, le nouveau régime n'est pas toujours aussi tendre que vous pourriez croire, mon jeune monsieur. J'ai vu, il y a quelques années, condamner à dix ans de galères quasi un enfant, pour avoir volé un lapin, la nuit, dans une maison habitée et en forçant une méchante serrure de bois.

« Il ne faut jeter la pierre à aucune époque, voyez-vous.

« Des lois sévères effrayent et empêchent beaucoup de mal, ce qui est un point essentiel dans une bonne loi.

« Savez-vous qu'après la pendaison du malheureux Giraud pas un vol à Savignac n'a eu lieu pendant vingt ans? M. le curé, M. le maître d'école, les pères et mères avaient soin de montrer les deux barres de fer scellées dans la muraille de M. de Savignac et de dire : « Un voleur nommé Giraud a été pendu ici; tâ-
« chez de respecter le bien d'autrui, si vous ne voulez
« pas avoir son sort. »

« Je vous assure que ce reste de potence et ce petit bout de sermon faisaient leur petit effet.

« La révolution vint, qui dressa tant de guillotines que la potence de Savignac en fut oubliée.

« Je vous en prie, mon jeune monsieur, contez ceci à monsieur votre père, et priez-le de ma part de laisser les barres de fer où elles sont : j'ai dans l'idée qu'elles serviront encore à quelque chose d'utile. D'ailleurs, il faut respecter les vieilles choses; ça me fait de la peine lorsque je vois arracher un vieux clou qui ne faisait de mal à personne. Pourquoi, de votre côté, ne raconteriez-vous pas aux jeunes gens de la paroisse l'histoire de Giraud? Cela pourrait faire réfléchir quelque vaurien en herbe.

« Mais j'ai tort de vous dire cela, et j'aurais mieux fait de ne pas vous conter ce triste événement. N'y pensez plus, et surtout n'allez pas rêver la nuit de barres de fer, de corde, de nœud coulant et de pendu. »

C'est de cette façon que le vieux vannier termina son récit. Comme il crut remarquer que l'histoire du pendu avait laissé dans mon imagination de treize ans des traces un peu trop profondes, il s'efforça de me distraire en me montrant une façon de tresser l'osier, très simple, mais qui produisait un effet remarquable. Il fallait que le père Bernard m'aimât bien, pour m'enseigner ainsi, à moi bourgeois, les mystères de la vannerie; car il détestait les vanniers amateurs, qui gâtent l'osier, disait-il, et ôtent le pain de la bouche aux ouvriers sérieux. Il n'en est pas moins vrai que je sais encore faire proprement un panier. J'ai peut-être eu tort de ne pas faire mon métier de la vannerie; j'y aurais acquis plus de gloire et d'aisance qu'au métier de barbouilleur de papier! Enfin! ce qui est écrit est écrit.

Les deux barres de fer de notre maison ont été utilisées récemment par la municipalité de Savignac. On y a attaché une corde neuve, laquelle soutient un magnifique réverbère qui est allumé en l'absence de la lune et éclaire toute la rue.

Il n'y a pas longtemps, un jeune filou faisant le mouchoir pendant la nuit sur un vieux monsieur a été aperçu, grâce au réverbère, par le garde champêtre, et a été conduit en prison, où il est encore.

Décidément, la vieille maison des chevaliers de Savignac ne porte pas bonheur aux amateurs du bien d'autrui.

III

« Père Bernard, dis-je un jour à mon vieil ami, pourquoi ne m'avez-vous jamais raconté que c'est vous qui, en 93, avez sauvé des mains des révolutionnaires la belle image de la sainte Vierge qui se trouve dans l'église de Savignac? »

Le vannier ne répondit pas.

Comme il avait horreur du moindre mensonge, et que d'autre part c'était un homme prudent, modeste et discret, il avait pris l'habitude de paraître ne pas entendre les questions auxquelles il ne voulait pas faire de réponse.

Beaucoup de gens s'y laissaient prendre; quoi d'étonnant qu'un centenaire eût l'oreille un peu dure?

Mais je savais, moi, que le vieux vannier n'était pas sourd du tout. Aussi répétai-je ma question, sans me donner la peine d'élever la voix.

« Bah! répondit-il, des bavardages!

— Point du tout. C'est Madeleine la fileuse qui m'a conté la chose, et elle doit la savoir, puisqu'elle l'a vue, étant âgée de quatre-vingt-quatre ans.

— Allons donc, elle en a à peine quatre-vingts. C'est une glorieuse. A vingt-cinq ans, elle se rajeunissait; maintenant voilà qu'elle se vieillit.

— Cela peut être. N'empêche que c'est vous qui avez sauvé la sainte image.

— Soit! dit-il avec un peu d'impatience; mais il est bien inutile d'aller le crier sur les toits. On me prendrait pour un saint, tandis que je ne suis qu'un vieux pécheur: le plus vieux du canton et le plus pécheur de l'arrondissement.

— Oh! père Bernard, je vous en prie, contez-moi comment vous vous y prîtes pour sauver Notre-Dame de Savignac.

— Je veux bien; seulement corrigez-vous de votre curiosité. C'est un vrai défaut, voyez-vous, mon jeune monsieur. — Vous saurez donc que la paroisse de Savignac garda, pendant la grande révolution, son curé, longtemps après que les autres prêtres eurent été chassés, emprisonnés ou guillotinés. Nous étions dans le bourg une vingtaine de gars très peu républicains et pas du tout endurants. Les gendarmes profitèrent d'une foire à laquelle était allée la jeunesse pour emmener l'abbé Perrin. Il fallut bien se résigner, mais nous jurâmes qu'on nous passerait sur le corps avant de toucher à Notre-Dame de Savignac. Savez-vous, mon jeune monsieur, l'histoire de cette sainte image?

— Pas trop, père Bernard.

— Je m'en doutais. Qu'est-ce qu'on vous apprend donc aujourd'hui à l'école et au catéchisme ? Vous saurez que, sans parler des guérisons et autres grâces quotidiennes, la sainte image de Savignac a fait autrefois un grand miracle. C'était du temps du roi Henri IV. Il paraît que depuis six mois il n'était pas tombé une goutte d'eau. Les récoltes séchaient sur pied. On était obligé de mener boire le bétail jusqu'à la Vienne, qui est à deux lieues du bourg.

« Pour lors on fit une procession avec la sainte image afin d'obtenir de la pluie. Quand les gens qui portaient la sainte Vierge furent arrivés au pied de la petite montagne du Puy-Fondu, ils aperçurent à la cime une troupe de huguenots ou protestants qui se mirent à se moquer d'eux et à les insulter. Comme les catholiques ne prenaient pas garde à ces avanies, voilà que ces hérétiques et ces malandrins commencèrent à vomir contre le bon Dieu et la sainte Vierge les plus épouvantables blasphèmes.

« Pour lors, mon jeune monsieur, savez-vous ce qui arriva ?

— Non, père Bernard, dites-le-moi vite, je vous en prie.

— Eh bien, il arriva que la sainte Vierge se mit à pleurer. Tous ceux qui étaient auprès d'elle virent les larmes tomber de ses yeux et rouler sur ses joues. Un saint prêtre qui était là en ayant recueilli deux dans ses mains, ces deux larmes devinrent deux belles perles blanches. Vous pouvez les voir encore aujourd'hui au collier qu'on met à la sainte image de Savignac, aux quatre grandes fêtes de l'année.

« Vous comprenez, mon jeune monsieur, que je ne pouvais pas laisser les sans-culottes brûler sacrilègement cette image miraculeuse.

« Cependant les temps devenaient de plus en plus mauvais. La guillotine fonctionnait au chef-lieu du département. On parlait de la faire voyager et de la montrer dans nos villages : une procession comme une autre, n'est-ce pas? Il devenait difficile d'opposer la force ouverte aux démarches des jacobins. Nous résolûmes, les camarades et moi, d'employer la ruse, dont nous étions capables. On me donna carte blanche, quitte à moi à demander l'aide des amis.

« A peine étions-nous convenus de nos petites affaires, qu'arrive à Savignac un grand traîneur de sabre, nommé Sabourdin. Cet honnête homme avait déjà pillé dix églises, fondu vingt cloches et brûlé quantité de saintes images. Il était envoyé par le district pour en faire autant à Savignac.

« La statue miraculeuse était très connue là-bas.

« Il paraît que les deux perles étaient devenues deux diamants gros comme des œufs de pigeon et valant chacun cent mille francs, au bas mot.

« Le Sabourdin était chargé de mettre la statue au feu et ses diamants dans la caisse du district.

« Très bien ! pensai-je en moi-même. A nous deux, citoyen commissaire, et tiens-toi bien !

« Le soir même de son arrivée, Sabourdin, qui était descendu à l'hôtel de l'*Égalité*, trouva sous son traversin, au moment de se coucher, un grand couteau bien affilé, enveloppé dans du papier.

Sur le papier on lisait ces mots, écrits en gros caractères et à l'encre rouge :

Pour Sabourdin, s'il touche à Notre-Dame de Savignac.

« Le jacobin eut une belle peur. Il appela l'aubergiste et le menaça simplement de la guillotine. Le pauvre homme tomba à genoux, protestant de son innocence, qui, en effet, était réelle.

« Il jura au commissaire du district qu'il allait faire bonne garde, et que cette plaisanterie ne se renouvellerait plus. »

« Le lendemain, au moment où Sabourdin, assis devant une table somptueuse, se préparait à bien dîner, il trouva sous sa serviette un couteau semblable à celui de la veille, avec la même inscription.

« Ce couteau lui coupa net l'appétit.

« Le malheureux aubergiste était, lui, sur le point de devenir fou. Le diable seul, assurait-il, était capable de pénétrer dans un appartement fermé et gardé à vue.

« Je ne crois pas à votre ci-devant diable, dit Sabourdin. Il y a quelque aristocrate qui se moque de vous et de moi. Tâchez que ça finisse, où je m'en prends à vous. »

« Deux jours se passèrent tranquillement; mais Sabourdin, étant allé faire un petit voyage à quelques lieues de Savignac, trouva en ouvrant son sac de nuit un nouveau couteau orné de l'inscription :

Pour Sabourdin, s'il touche à Notre-Dame de Savignac.

« Cette fois, la peur le prit pour tout de bon, et il demanda, sous je ne sais quel prétexte, à être déchargé de sa mission et rappelé au district.

« A Sabourdin succéda Lanternier, un scélérat de la pire espèce, et capable de faire un mauvais coup, sans même prendre la peine de le colorer d'un semblant de légalité.

« Je fus averti que, le lendemain de son arrivée, Lanternier devait se rendre chez le meunier Jean Leblanc. Ce Jean Leblanc venait d'acheter, pour une poignée d'assignats, le joli moulin des Noyers, situé sur la Seille.

« Il ne fut pas difficile de deviner que le commissaire allait chercher là des aides et des complices qu'il aurait eu de la peine à trouver au bourg.

« Le meunier redoutait comme la peste une contre-révolution qui ramènerait le roi de France et le propriétaire légitime du moulin : on était sûr d'obtenir de lui tout ce qu'on lui demanderait en faveur de la république et du jacobinisme.

« La connaissance que j'avais des deux sans-culottes me faisait aussi conjecturer qu'ils ne se quitteraient pas sans avoir vidé ensemble plusieurs bouteilles d'un petit vin capiteux, produit des vignes qui croissent sur les coteaux de la Seille.

« Cette occupation devait les retenir au moulin assez avant dans la nuit.

« J'allai m'établir dans le creux d'un vieux chêne, situé à quelques pas de la rivière. Il faut vous dire que Lanternier ne pouvait retourner à Savignac qu'en suivant un chemin étroit qui borde la Seille et se confond, l'hiver, avec son lit, pour peu qu'elle déborde. Le commissaire devait donc passer nécessairement devant ma cachette.

« Vers onze heures, jentendis les pas de quatre ou cinq personnes. C'étaient le meunier et ses fils qui reconduisaient Lanternier. On s'arrêta, et grâce à la sécurité et au calme d'une belle nuit d'automne, la voix du commissaire arriva distinctement jusqu'à moi.

« N'allez pas plus loin, disait-il, mes amis, je ne suis qu'à un quart d'heure de Savignac. Il est convenu que vous serez demain, à dix heures, à mon auberge, et que nous irons ensemble enlever la ci-devant sainte Vierge pour la débarrasser de son collier et la brûler sur la place publique. Bonne nuit! citoyens; salut et fraternité! »

« Ces paroles m'auraient confirmé dans mon projet, si j'avais hésité. Il n'était que temps d'arrêter le jacobin.

« Lorsque Lanternier fut en face de mon chêne, je me jetai sur lui, et poussai mon homme dans la rivière.

— Oh! père Bernard, ne pus-je m'empêcher de dire, vous avez noyé cet homme?

— Patience! répondit-il, mon jeune monsieur, attendez la fin finale. »

Il reprit :

« Le commissaire tomba dans l'eau en criant : Au feu! au meurtre! au secours! J'attendis quelques minutes, le temps nécessaire pour que Lanternier prît un bain froid. La lune qui brillait me permettait de voir le jacobin se débattre. Quand je vis qu'il allait s'enfoncer ou être emporté par le courant, je me jetai à l'eau et je ne tardai pas à le ramener au rivage, grelottant et dégrisé.

« Je le conduisis à son auberge, où je racontai qu'il était tombé dans la Seille et que je l'avais repêché au péril de ma vie.

« On me combla d'éloges et de bénédictions. Lanternier en fut quitte pour une légère fluxion de poitrine, suivie d'une fièvre quarte, laquelle l'obligea de retourner se faire guérir à son domicile.

« L'image de Notre-Dame de Savignac fut sauvée encore cette fois.

« Ces mésaventures ne découragèrent pas le district. J'appris à n'en pouvoir douter que Nicolin, surnommé Brutus-la-Vertu, allait partir du chef-lieu et venir à Savignac avec ordre d'enlever, coûte que coûte, et de brûler la statue.

« Il n'y avait plus rien à faire, et il fallait se soumettre.

« Heureusement Brutus-la-Vertu, qui était énorme, ne voyageait qu'en voiture. Le postillon qui le conduisait, et qui était de mes amis, versa si malheureusement que le jacobin eut deux côtes enfoncées et une jambe démise.

« On jasa sur cet accident. Des gens, de ceux qui cherchent les vers dans les cerises, trouvèrent étrange que Benoît le postillon eût versé avec un cheval solide et dans un chemin aisé. Il répondit naturellement qu'il était intéressé plus que personne à rester sur son siège, attendu qu'il eût pu se tuer, au lieu de n'avoir eu que quelques contusions.

« Pendant que je jouais, avec mes amis, ces bons tours aux jacobins, le temps s'écoulait ; la France se lassa, Robespierre fut guillotiné, et l'église de Savignac, avec ce qu'elle contenait, échappa aux griffes des révolutionnaires. Voilà pourquoi c'est aujourd'hui la plus riche de l'arrondissement.

« Je vous en prie, mon jeune monsieur, la première fois que vous entrerez dans notre église, mettez-vous à genoux devant l'image de la sainte Vierge et dites un *Pater* et un *Ave* pour le vieux vannier, afin que le bon Dieu lui accorde une bonne mort et une petite place en paradis. »

IV

Il n'eût tenu qu'au père Bernard de vivre sans rien faire, et d'habiter une des plus belles maisons du chef-lieu du département. Pendant la révolution de 93, il avait sauvé de la prison et peut-être de l'échafaud le grand-père de M. le comte de Septfontaines. Cette honorable famille lui avait gardé de ce service une reconnaissance inaltérable. Que de fois M. Gaston de Septfontaines avait pressé le vieux vannier de laisser là ses paniers et sa chaumière, pour aller demeurer avec lui ! Le père Bernard avait refusé avec autant de fermeté que de respect. Tout ce qu'on avait pu obtenir, c'est qu'il passât, chaque année, quelques semaines sous le toit de ses nobles amis.

Il appelait ce séjour à la ville ses vacances d'hiver.

Les vacances me semblaient longues, et il me tardait de voir revenir mon vieux conteur.

Une année, il rapporta du chef-lieu une tristesse qui me frappa d'autant plus qu'elle était fort éloignée de son tempérament et de son caractère.

« Qu'avez-vous, lui dis-je, père Bernard? Seriez-vous malade?

— Qui vous fait croire cela? répondit-il.

— Vous êtes si triste!...

— Il y a de quoi, allez! répliqua-t-il. Je ne veux plus remettre le pied à la ville; il s'y passe des choses qui me causent trop de chagrin. Et les ouvriers qui s'imaginent être en progrès! Il est joli leur progrès! Croiriez-vous, mon jeune monsieur, qu'ils n'ont plus de religion du tout? On ne voit dans les églises que des dames et des messieurs, des habits noirs et des robes de soie. Quant aux vestes et aux blouses, elles sont ailleurs. C'est tout au plus si, en cherchant bien, on distingue, par-ci par-là, une jeune ouvrière et un petit apprenti!

« Paraît qu'il y a des mariés qui se contentent du sacrement municipal et de la bénédiction de M. le maire. On ne compte plus les enterrements civils, tant ils sont nombreux. M. le curé de Saint-Pancrace m'a rapporté qu'il connaissait, dans sa paroisse, quatre familles d'ouvriers dont les enfants n'étaient pas baptisés. On attend qu'ils aient dix-huit ans et assez de raison et de jugement pour choisir leur religion. Parents imbéciles! Elle est toute choisie, leur religion. Ils adoreront saint Lundi et sainte Fainéantise. C'est bien la peine de mettre au monde des enfants pour en faire des païens et du gibier d'hôpital ou de prison !

« Ah ! mon jeune monsieur, poursuivit-il en branlant la tête, vous ne tarderez pas à être témoin, sinon victime, de quelque révolution enragée et pire que celle de 93. Vous aurez à votre tour un Robespierre, et un Robespierre qui ne croira pas à l'existence de Dieu. Je sens que je quitterai bientôt ce monde, et tant mieux ; j'en sors au bon moment. »

Et le vieillard, penchant la tête sur sa poitrine, tomba dans un long silence, que je n'osai troubler, malgré l'étourderie de mon âge et la pétulance de mon caractère.

Lorsque je m'aperçus que sa figure reprenait sa sérénité et qu'il se remettait à tresser la corbeille qu'il avait dans les mains, je lui dis :

« Le peuple avait donc plus de religion de votre temps qu'aujourd'hui, père Bernard?

— Certainement ! répondit-il. Les églises étaient trois fois plus nombreuses qu'aujourd'hui ; et si vous aviez vu comme elles étaient pleines ! Un homme qui ne faisait pas la communion pascale était montré au doigt. Des centaines d'ouvriers et d'ouvrières assistaient chaque matin à la messe de l'aurore avant de se rendre à leur travail. Quant à manquer la messe le dimanche ou à travailler ce jour-là, nul n'aurait osé le faire, parce qu'un chacun savait qu'il y avait à cela un péché mortel, et même deux.

« C'est la bourgeoisie qui a commencé à gâter le peuple. Je vous dis ça, mon jeune monsieur, quoique vous soyez bourgeois. Votre grand-père était un bon chrétien; malheureusement beaucoup de propriétaires et de patrons ne lui ressemblaient pas : ils étaient... Attendez donc... Voilà que j'ai oublié le mot... Ils étaient vol... vol...

— Voltairiens, père Bernard.

— C'est cela, mon jeune monsieur, ils étaient donc voltairiens, c'est-à-dire qu'ils se moquaient du bon Dieu, de Notre-Seigneur Jésus-Christ, de la sainte Vierge et des saints. Le peuple les a regardés, imités et dépassés. Aujourd'hui, pendant que les bourgeois reviennent en grande majorité à la religion, le peuple s'en va en grande masse à l'incrédulité et à l'impiété.

« Écoutez ceci. Vous savez que c'est l'usage dans notre pays que tous ceux qui assistent à un enterrement aillent, après l'Évangile, baiser le christ que le prêtre présente au bas de l'autel. On appelle cela *aller à l'offrande*. Pour lors, je me souviens de m'être trouvé, il y a cinquante ans, à la sépulture de M. Maugis, un riche manufacturier du chef-lieu. La cérémonie avait lieu dans l'église Saint-Pancrace, qui était toute tendue de draperies noires et brillante de cierges allumés. Il y avait là une centaine de bourgeois et près de mille ouvriers ou paysans. Après l'Évangile, tous les travailleurs, sans exception, allèrent baiser pieusement l'image du Christ. Quant aux bourgeois, la moitié au moins resta à sa place. J'en vis plusieurs lever les épaules, chuchoter, sourire, enfin se moquer de la superstition du peuple.

« Comme ils étaient dans le chœur et nous dans la nef, nous fûmes obligés de passer devant ces messieurs pour aller à l'offrande, et je vous réponds que ceux qui étaient sujets au respect humain ou faciles à se scandaliser trouvèrent là une bonne occasion. Cinquante ans plus tard, c'est-à-dire tout récemment, j'ai assisté, dans cette même église Saint-Pancrace, à l'enterrement du petit-fils de feu M. Maugis; savez-vous ce qui est arrivé, mon jeune monsieur?

— Non, père Bernard.

— Eh bien! il est arrivé que les deux cents bourgeois qui étaient là sont allés jusqu'au dernier embrasser l'image du Christ, tandis que plus de la moitié des ouvriers, c'est-à-dire quatre cents personnes, n'ont pas bougé de place et ont souri en voyant que les bourgeois croyaient encore au bon Dieu des curés. Le sacristain Michel m'a assuré qu'il y avait dans le nombre de ces mécréants plusieurs femmes et quelques enfants et jeunes filles.

« Chacun son tour!

« Les bourgeois ont trouvé autrefois joli d'être voltairiens; ça amuse les ouvriers maintenant d'être athées.

« La religion est bonne pour le peuple, » disaient, il y a cinquante ans, les bourgeois.

« La religion est bonne pour les bourgeois, » dit aujourd'hui le peuple.

« Peuple et bourgeoisie ont tort. La religion est bonne pour tous, et personne ne peut s'en passer, ni les petits, ni les grands, ni les riches, ni les pauvres, ni pour les choses de ce monde, ni pour les affaires de l'autre vie. J'en sais quelque chose, moi qui regarde et réfléchis depuis bientôt quatre-vingt-dix ans.

— Est-ce que vous ne croyez pas, dis-je au père Bernard, que les ouvriers reviendront à la religion en la voyant pratiquée par les riches, par les patrons, et autres gens éclairés et instruits?

— Je l'espère, dit-il; mais il faudra que les bourgeois soient sérieusement chrétiens. C'est peu de faire œuvre pie le dimanche, en assistant à la messe, si on fait les œuvres du diable le reste de la semaine.

« On a persuadé à beaucoup d'ouvriers, et même de paysans, que la religion n'est chez les riches que comédie et grimace, l'effet de la peur et manège politique. Une vie constamment et complètement chrétienne est seule capable, à la longue, de détruire ces préjugés. Surtout que les bourgeois chrétiens soient justes et encore plus charitables, bons, généreux envers leurs employés, ouvriers, fermiers, métayers, serviteurs.

« La charité est le fond de la religion et la moelle de l'Évangile.

« Les anciens païens reconnaissaient pour chrétiens ceux qu'ils voyaient s'aimer les uns les autres; les païens d'aujourd'hui ont besoin de ce signe et de cette preuve : que les gens riches et instruits s'efforcent de la leur donner. »

Le père Bernard ajouta, ce jour-là, quantité d'autres choses sensées que j'ai oubliées. Jamais je n'avais si bien compris combien était vrai ce que disaient de lui les habitants de la paroisse : « Le vieux vannier parle aussi bien et mieux qu'un maître d'école. »

V

Vers le mois de septembre 1850, me trouvant en vacances chez ma marraine, dans la petite ville de Verrières, j'assistai, avec la moitié de la paroisse, au mariage de Mlle Berthe Roblot. Les Roblot ne jouissaient pas d'une très grande considération; mais ils étaient millionnaires, et cela fait passer sur bien des choses. Ajoutez à cela qu'on ne voit pas tous les jours à Verrières des files de voitures à deux chevaux, avec cochers et laquais habillés de neuf et ayant l'air de propriétaires et de messieurs. L'église se trouva insuffisante à contenir la foule qui refluait sur la place et les rues adjacentes. Grâce à mes quinze ans, je me faufilai jusqu'au pied de l'autel, et à quelques pas des futurs époux.

Le prêtre avait achevé son discours et allait demander le consentement des deux jeunes gens, agenouillés à ses pieds, lorsque Mlle Roblot se leva, poussa un cri perçant et tomba sur le pavé de l'église. Cette chute fut si soudaine que la malheureuse jeune fille se blessa au front. Des flots de sang inondèrent aussitôt ses blancs vêtements. La cérémonie fut remise et la fiancée transportée à la maison de ses parents.

On juge de l'émotion et des commentaires. Les uns prétendaient que Mlle Roblot, forcée à un mariage détesté, n'avait pu résister à son désespoir.

D'autres, agrémentant ce thème déjà bien romanesque, assuraient que le sang dont elle avait été inondée venait d'une blessure qu'elle s'était faite au cœur avec un poignard caché dans son sein.

La vérité était moins tragique et aussi triste. La jeune fille avait été terrassée par une attaque d'épilepsie qui la prenait pour la première fois.

Je partis le soir même pour Savignac. A peine arrivé, je me hâtai d'aller raconter au vieux vannier la saisissante nouvelle. Chose étrange! lui, si compatissant d'ordinaire à tous les malheurs, ne montra qu'un étonnement et qu'un regret médiocres. Après quelques paroles de pitié envers la jeune fille, son principal souci fut de se faire raconter en détail toutes les circonstances matérielles de l'accident.

Une singularité me frappa.

Quoique j'eusse été le premier à apporter la nouvelle à Savignac, le père Bernard paraissait renseigné aussi bien que moi. Il savait les circonstances de l'accident avant que je les lui eusse racontées.

« Mlle Roblot, dit-il, est une jeune fille de vingt ans, vêtue d'une robe blanche et d'une écharpe rose, n'est-ce pas?

— Oui, père Bernard.

— Le mariage, au lieu de se célébrer, comme d'habitude, à la chapelle de la Sainte-Vierge, avait été préparé au maître-autel?

— Oui.

— Les mariés étaient à l'extrémité du chœur, et la jeune fille est tombée dans le sanctuaire, et à quelques pouces de la première marche de l'autel?

— C'est parfaitement exact, répondis-je; mais comment savez-vous ces choses ? »

Le vieillard ne m'entendit pas ou ne voulut pas me répondre. Il entra dans un de ces silences méditatifs qui lui étaient familiers.

J'étais émerveillé de voir le vieux vannier savoir ce qui s'était passé dans l'église de Verrières comme s'il s'y était trouvé.

L'écharpe rose était, dans le costume d'une jeune mariée, une singularité telle qu'elle avait surpris et choqué tous les assistants.

« Ça ne se fait pas, » avait dit tout le monde.

Comment le père Bernard avait-il deviné ce détail?

Je répète que nul autre que moi n'avait pu lui apprendre l'événement. Il n'y avait entre Verrières et Savignac ni télégraphe électrique, ni relais de pigeons voyageurs.

Pendant que je faisais ces réflexions, le vannier sortit de son silence et me dit :

« Écoutez-moi, mon jeune monsieur.

« C'était vers la fin de septembre 1793. La municipalité de Verrières résolut d'avoir à elle aussi sa déesse Raison, à l'exemple de la plupart des communes de France. Savez-vous ce que c'était, en ce temps-là, que la déesse Raison ?

— Pas trop, père Bernard.

— Alors je vais vous le dire. On choisissait une fille jeune et belle, et on la conduisait, vêtue de blanc, et au chant des hymnes patriotiques, dans la princi pale église de la localité. Là, au milieu des lumières, des fleurs, des draperies, des flots d'encens, on faisait asseoir la jeune personne au bas de l'autel, ou sur l'autel même. Après quoi tous ceux qui en avaient le goût et la dévotion venaient fléchir le genou devant l'idole et parodier les cérémonies du culte catholique.

« Cela signifiait que l'homme seul est Dieu et ne reconnaît d'autre souverain que la raison.

« Croiriez-vous, mon jeune monsieur, que l'arrêté de la municipalité de Verrières fut assez mal reçu? Aucun père ne se souciait de donner sa fille en spectacle. Deux ou trois jours avant le décadi où devait avoir lieu la fête, une épidémie se déclara sur la moitié des jeunes personnes de la commune. Celles qui n'étaient pas malades étaient absentes. La fille du maire, épargnée par le fléau et restée au logis, fut déclarée incapable de jouer le rôle de la déesse Raison, parce qu'elle était trop jeune. La nièce de l'adjoint fut écartée par les soins de son oncle, comme étant trop gauche. Jusqu'au citoyen Brutus-la-Vertu qui refusa de prêter sa fille, en donnant pour prétexte qu'elle n'était pas assez belle et n'avait ni le port ni la démarche d'une déesse.

« On se rabattit sur les filles d'aristocrates, et il fut décidé que la déesse Raison serait prise dans le rang des familles suspectes de modérantisme.

« Trois délégués de la municipalité allèrent annoncer à Mlle Sophie de Grandchamps, qui n'avait pas quitté la demeure de ses parents, qu'elle avait été choisie par la commune pour jouer le principal rôle dans la fête patriotique. Mlle de Grandchamps déclina modestement cet honneur. Comme les délégués insistaient, elle leur déclara qu'il faudrait la bâillonner, attendu que la première chose qu'elle ferait en arrivant à l'église serait de réciter à haute voix le *Miserere* pour les malheureux qui violaient le lieu saint et parodiaient abominablement le culte du vrai Dieu.

« Les municipaux furent effrayés de cette fermeté, et s'éloignèrent en proférant des menaces.

« Enfin quelqu'un leur indiqua une jeune républicaine qui non seulement ne se ferait pas prier pour jouer le rôle de la déesse Raison, mais accepterait avec reconnaissance un semblable honneur.

« Joséphine Valon consentit, en effet, volontiers à tout. Il me semble que je la vois encore. C'était une fille de vingt ans, avec une robe blanche et une écharpe rose. On la conduisit, au bruit des fanfares, à l'église paroissiale de Verrières; elle s'assit sur un fauteuil placé au bas de l'autel, fut encensée trois fois par le maire, but dans un calice à la santé de la nation, et entonna le *Ça ira* et la *Marseillaise*.

« Vous me demanderez peut-être, mon jeune monsieur, pourquoi je vous ai conté cette triste histoire? Parce qu'elle expliquera l'accident qui vient d'arriver dans l'église de Verrières.

« Joséphine Valon épousa Jacques Roblot, et fut ainsi l'arrière-grand'mère de Marthe Roblot, laquelle, vêtue de blanc et de rose comme sa bisaïeule, est venue, à vingt ans, tomber épileptique au pied de ce même autel où Joséphine Valon reçut un encens sacrilège.

Il faudrait être aveugle pour ne pas voir là le doigt

de Dieu et sa justice poursuivant le crime à travers les générations. »

Ce fut le dernier récit du vieux vannier. Deux jours plus tard, on vint m'avertir qu'il était dangereusement malade. Je courus à son logis. M. le curé venait de donner au père Bernard les sacrements et les secours de la religion. Le centenaire était assis en face de la croisée, sur une chaise d'osier fabriquée et tressée de ses mains. Sa figure respirait le calme et la sérénité. Un beau soleil d'automne, qui se couchait à l'extrême horizon, jetait à travers les vitres quelques rayons pâlis qui faisaient comme une modeste auréole autour du front du vieillard. Jamais je n'avais compris aussi bien que la mort n'est qu'un sommeil. Ce juste mourait comme s'endort un enfant; il ne parut pas d'abord remarquer mon entrée et ma présence, et je n'osai pas attirer son attention. Pourtant j'eusse été bien affligé de ne pas lui faire mes adieux. Heureusement il sortit un instant de son immobilité. Je le vis ouvrir les yeux, et regarder autour de lui. Il m'aperçut et me sourit. Oh! comme il m'alla au cœur, le sourire de ces lèvres mourantes!

Je m'approchai et je pris une de ses mains, que je baisai; le curé tenait l'autre. Au bout de quelques minutes le prêtre dit : « Il est temps. »

Nous nous agenouillâmes tous deux, et récitâmes les prières des agonisants.

Le père Bernard exhala doucement son dernier souffle au moment où je répondais au dernier verset.

Il fut enseveli le lendemain dans le cimetière de

Savignac, au fond et un peu à gauche. En souvenir de sa profession de vannier, le fossoyeur eut l'idée de planter auprès de sa fosse un osier. L'arbuste a grandi, et ses longues et minces tiges dépassent un peu maintenant la muraille du cimetière. C'est le seul osier qui se trouve là, et il conservera longtemps la mémoire du vieux vannier. Je ne l'aperçois jamais sans réciter un *Pater* et un *Ave* pour le centenaire qui fut mon premier et mon meilleur ami.

TROIS MAUVAISES RAISONS

« Oh ! que le diable est fin ! mes très chers frères. » Cette phrase, que répétait souvent le curé de Saint-Sylvain-les-Neiges dans ses prônes, m'est revenue à la mémoire en songeant aux raisons mauvaises et biscornues que le vieux menteur souffle aux matérialistes, internationaux, solidaires, athées, à la séquelle enfin des libres penseurs.

Et non seulement il les leur souffle et leur persuade de les trouver excellentes et de s'en contenter, mais il les pousse à les donner à d'autres.

S'il est une preuve claire et forte de la divinité de la religion catholique, c'est le spectacle de cette multitude de prêtres qui enseignent partout les vérités les plus sublimes, et qui s'efforcent, autant que la fragilité humaine le permet, de pratiquer eux-mêmes ce qu'ils enseignent aux autres.

Que ces prêtres, pris en masse, soient intelligents, pieux et dévoués, et qu'ils parlent de ce qu'ils ont longtemps étudié, nul homme de bonne foi ne saurait le contester.

Or, savez-vous la raison qu'opposent à cette preuve les libres penseurs?

« Bah! disent-ils, les prêtres font leur métier. »

C'est là proprement un mot banal et une selle à tous chevaux. Il suffit, pour fermer la bouche à l'homme le plus sincère et le plus compétent, de lui dire qu'il fait son métier.

Un mauvais métier, en tous cas, que celui de prêtre, et il faut être bien fou pour l'apprendre et l'exercer, si l'on n'est pas animé par la conviction et guidé par la conscience.

Voulez-vous me dire ce qu'on gagne en ce monde à être martyr n Chine et otage à Paris?

« Ce sont là, répondent les libres penseurs, des situations exceptionnelles, et qui n'empêchent pas le métier d'être bon en temps ordinaire. »

En effet, en temps ordinaire, les prêtres sont curés de campagne, c'est-à-dire qu'ils gagnent en moyenne 3 francs par jour pour baptiser, catéchiser, confesser, visiter de jour et de nuit des pauvres, des malades, des vicieux, des grincheux, une foule de gens que certains amis du peuple ne voudraient pas toucher du bout du doigt.

Ils sont très heureux la plupart de ces curés!

A la campagne, beaucoup de ruraux les accusent

de faire la grêle, de ramener la dîme, et leur jettent des pierres.

Viennent-ils en ville, ils sont traités de cléricaux, de jésuites, de carlistes, de réactionnaires, d'éteignoirs, etc. etc.

Je connais les prêtres mieux que personne, et je déclare que leur métier, pour parler certain langage, est, comme gain, un des plus mauvais, et comme agrément, le dernier de tous.

Le sacerdoce n'est pas un métier, c'est une vocation, ainsi que le disait simplement et noblement M. Deguerry, le curé de la Madeleine. Sans cela, il y aurait longtemps qu'il n'y aurait plus de prêtres.

Beaucoup de laïques, grâce à Dieu, ont la foi et une vie et des mœurs chrétiennes.

Savez-vous ce que répondent à cet argument les libres penseurs? Ils partagent les chrétiens convaincus en deux catégories : les esprits simples et les intelligences cultivées.

« Quoi d'étonnant, disent-ils, que les ignorants s'attardent encore aux vieilleries de l'Évangile et du catéchisme? Les pauvres gens n'en savent pas davantage. »

La réponse est un peu bien insolente, et c'est traiter de haut le peuple. Vous ne les trouvez pas si ignorants, ces paysans et ces ouvriers, lorsqu'ils votent pour vous, achètent vos livres et vos brochures et reçoivent vos journaux. Il ne faudrait pas avoir deux poids et deux mesures, exalter le suffrage populaire lorsqu'il est en votre faveur, et en faire fi quand il est contre vous.

D'ailleurs il n'est pas prouvé, tant s'en faut, que ceux qui fréquentent nos églises soient plus ignorants que ceux qui remplissent vos cafés et vos cabarets.

A prendre dans le tas, et sans choisir, un chrétien vaut comme instruction un libre penseur, s'il ne vaut pas davantage.

Vous l'emportez sur nous pour la *blague*, c'est certain ; mais la blague n'est pas tout, et il n'est pas prouvé que la modestie et le bon sens ne lui soient supérieurs.

La vérité est que l'ignorance est un peu partout, dans les campagnes et les faubourgs. L'ignorance des faubourgs, selon de bons esprits, serait la plus crasse et la pire. Soyez donc discrets, et n'octroyez pas aussi facilement des brevets d'incapacité à ceux qui vont à la messe et à confesse.

Il y a de fervents chrétiens, et beaucoup, qui sont très cultivés et très instruits. Pas moyen de les taxer d'ignorance et de prétendre qu'ils ne savent ce qu'ils font.

Un jour que je faisais cette observation à un libre penseur, il me répondit tout uniment que la religion de ces chrétiens n'était que calcul, spéculation, et un moyen de parvenir.

Rien n'est injuste, mal fondé, et répandu pourtant comme cette odieuse imputation.

Avouez d'abord que la religion ne saurait être un moyen de parvenir pour ceux qui sont arrivés. Quel intérêt peut avoir à affecter des convictions chrétiennes ce vieillard qui va mourir, ce magistrat parvenu au sommet de la hiérarchie, ce général en retraite, ce membre de l'institut, ce millionnaire, cet écrivain célèbre ou illustre?

C'est très bien de calomnier les gens; encore faut-il qu'il y ait à la calomnie une ombre de vraisemblance.

Pierre occupe des fonctions modestes et laborieuses dans les bureaux d'une administration publique; il se lève presque tous les jours, hiver et été, pour entendre, à cinq heures du matin, la messe en compagnie de quelques pauvres servantes et ouvrières; il est de la société de Saint-Vincent-de-Paul, et passe les soirées du dimanche, les seules qu'il ait de libres, à visiter les malades et les pauvres; il aime le bon Dieu à la sueur de son front; la vertu lui coûte, et le plaisir lui semble parfois aussi charmant que le devoir est austère; il persévère néanmoins dans cette voie, et, comme c'est un employé laborieux, consciencieux, intelligent et exact, il arrive, en y mettant le temps et suivant la filière, à quelque avancement.

Pierre est un intrigant, un ambitieux, un jésuite de robe courte, qui s'est couvert du masque de la religion pour capter la confiance de ses chefs et faire son chemin.

Paul, beaucoup moins intelligent et laborieux, qui ne va ni à l'église ni chez les pauvres, qui fréquente le théâtre, les lieux de plaisir et se montre joyeux compagnon, arrive plus rapidement que Pierre. Cela n'empêche pas que Paul ne soit un garçon de mérite, auquel ses chefs n'ont fait que rendre une justice tardive.

Ce n'est pas en fréquentant les églises, en matant ses passions, en s'interdisant certaines habiletés, en professant des croyances gênantes, en disant des vérités désagréables, en opposant à l'occasion certains refus, qu'on fait son chemin. Il vaut bien mieux hanter les antichambres et les salons, flatter le maître, professer l'opinion à la mode, et prêter tous les serments utiles.

Je ne vois jamais un jeune homme instruit se montrer religieux, sans être confirmé dans ma foi.

Dix-huit fois sur vingt, cet homme n'a aucun intérêt à afficher des croyances qu'il n'aurait pas. Il ne peut être guidé que par sa science et sa conscience.

Par le temps qui court, le chemin de la vie chrétienne n'est guère semé que de cailloux, d'épines et de tessons de verre : si donc vous voyez quelqu'un s'y engager résolument, dites, sans crainte de vous tromper, que c'est un esprit convaincu et un cœur sincère.

Qui voudra réfléchir à ces trois preuves de la vérité de la religion qu'on nomme : l'instruction et la piété du sacerdoce, la masse des bons chrétiens, la supériorité d'intelligence de beaucoup de catholiques, sera obligé de reconnaître que ces preuves ne sont point détruites par des banalités comme celles-ci : les prêtres font leur métier; le peuple n'en sait pas davantage; ces messieurs vont à la messe et à confesse par calcul et pour arriver plus vite.

A PROPOS D'UN PLAT A BARBE

La réputation d'antiquaire et d'amateur de vieux bibelots n'est pas sans inconvénient. Pour une fois qu'on vous porte une médaille curieuse ou une faïence rare, vous êtes dérangé cent fois par des gens qui prennent des pièces anglaises pour des monnaies romaines, et les poteries les plus vulgaires pour des vases étrusques. Ne m'a-t-on pas fait faire un jour deux lieues, dans le but d'aller voir un magnifique émail appartenant à un paysan. L'émail était tout simplement une vieille plaque d'assurance contre l'incendie.

Tant il y a que, pas plus tard qu'avant-hier, un ouvrier, mon voisin, m'apporta un plat à barbe en faïence, qu'il avait acheté cinquante centimes. Je lui offris deux francs de son ustensile, à cause d'une inscription curieuse qu'il contient. On lit au fond du plat à barbe, devenu mien, ces paroles écrites en lettres brunes :

LE MOIS EST FINI

Voici, on l'avouera, une manière ingénieuse autant que délicate de rappeler au client qu'il doit passer à la caisse.

Les barbiers de province n'étaient pas, il y a trente et quarante ans, d'élégants messieurs comme nos coiffeurs d'aujourd'hui. Alors la postiche était dans l'enfance; la parfumerie se réduisait à l'eau de Cologne, au vinaigre de Bully, et à quelques savons et cosmétiques. Une coupe de cheveux se payait quinze centimes; une barbe, dix. Comme on ménageait l'abonné ! Comme on avait soin de ne le blesser ni au physique, ni au moral !

De là mon plat à barbe et son inscription.

M. Robin ou M. Bertrand avaient-ils oublié de payer leur abonnement, le lendemain ou le surlendemain, le perruquier, à la place du plat à barbe ordinaire, leur passait sous le menton le plat à barbe avertisseur.

Le client regardait l'inscription, souriait et... payait.

Que de gens auraient besoin qu'on leur mît sous les yeux un pareil plat à barbe !

Pour un homme exact et consciencieux qui paye à l'échéance son propriétaire, son boulanger, son cordonnier et son tailleur, dix négligents remettent de jour en jour, de semaine en semaine, souvent de mois en mois.

A leur tour le propriétaire, le boulanger, le cordonnier, le tailleur font attendre l'entrepreneur, le marchand de farine, le marchand de cuir, le drapier.

Il n'est pas nécessaire d'être un grand financier ni un habile économiste pour voir les inconvénients de ce système et combien tout le monde gagnerait à payer à échéance.

Que les retardataires se persuadent bien qu'ils portent la peine de leur négligence.

Est-ce que vous croyez, madame Robichon, vous qui faites attendre deux ans les façons et les fournitures de vos robes, que vous ne payez pas plus cher que Mme Pamard, qui a donné ordre à sa couturière de ne jamais lui apporter un vêtement sans apporter en même temps la note acquittée?

Il y a des dettes appelées *criardes*. Tâchez, mon cher lecteur, de n'avoir pas de dettes criardes. C'est très ennuyeux de ne pouvoir pas sortir de chez soi sans rencontrer cinq ou six laides figures de créanciers. (Tous les créanciers sont laids; quelques-uns sont affreux.)

On nomme dettes *d'honneur* des dettes pour lesquelles le créancier n'a d'autres garanties que la bonne foi du débiteur.

Êtes-vous comme moi? Au risque de recevoir du papier timbré, j'aimerais mieux ne pas payer un billet à échéance que de faire attendre un créancier qui n'a que ma parole.

RF

J'aurais trop peur qu'il crût que je ne veux pas payer.

Que je vous raconte à ce propos une anecdote :

« Un tailleur s'était présenté plusieurs fois chez Lamartine, afin de toucher une somme de trois mille francs qui lui était due par l'illustre poète, pour fournitures et en vertu d'un billet. Lamartine était toujours absent, ou occupé, ou sans argent.

« Le tailleur finit par apprendre que son client devait toucher, à certain jour, une somme importante. Il s'enhardit, franchit la porte malgré le concierge, bouscula un laquais, envoya promener le valet de chambre, et arriva dans le cabinet de Lamartine. Celui-ci était occupé à compter des pièces d'or et des billets de banque. Impossible de dire qu'on n'avait pas d'argent. On se retrancha sur l'obligation de solder le même jour plusieurs dettes d'honneur.

« — Eh bien! monsieur le comte, dit le tailleur, vous aurez une dette d'honneur de plus. »

« Et, tirant son billet de son portefeuille, il le jeta au feu.

« Il fut payé sur-le-champ, rubis sur l'ongle, par le poète gentilhomme. »

Avis aux tailleurs qui auraient des billets en retard.

Certaines dettes sont plus que des dettes d'honneur, ce sont des dettes *sacrées*.

Ce n'est pas un négligent, c'est un misérable, celui qui oublie de payer la pension de son père ou les mois de nourrice de son enfant.

Je sais sur ce sujet des choses navrantes.

Un instituteur très pauvre m'a raconté qu'un ouvrier, gagnant 6 francs par jour, lui devait, depuis trois ans, 50 francs pour répétitions données à son fils.

« Je parierais, dis-je à l'instituteur, que ce citoyen-là est partisan de l'instruction laïque, gratuite et obligatoire. »

Je tiens d'un prêtre que quatre jeunes hommes, pleins de force et de santé, lui doivent, depuis longtemps, 10 francs, qu'il a déboursés pour eux, afin de faire porter le corps de leur père au cimetière.

Une très grande dame a fait attendre deux ans le salaire d'une malheureuse ouvrière. L'ouvrière n'a été payée qu'après vingt réclamations, et la grande dame lui a retiré sa pratique.

La négligence à payer de semblables dettes n'est pas seulement une injustice, c'est un sacrilège.

Il est entendu que la chevalerie a fait son temps et que nous sommes des gens positifs, soit ! Alors payons tous toutes nos dettes à l'échéance : c'est *l'A B C* du grand livre qui a pour titre : *Doit et avoir*.

ÉCONOMIE — PAUVRETÉ — MISÈRE

L'ÉCONOMIE

« ..... Monsieur, me dit Benoît, si, comme vous l'affirmez, les ouvriers ne doivent pas attendre de l'État le capital nécessaire à leur association, je vous assure que leur condition n'est pas près de s'améliorer sérieusement. Nous gagnons trop peu sous nos patrons actuels, et tout est trop cher pour que nous puissions réaliser la moindre épargne. C'est la misère à perpétuité pour les prolétaires.

— Vous exagérez, Benoît; il y a à cette heure même beaucoup d'ouvriers qui économisent : témoin les livrets de caisse d'épargne.

— Ils feront bien de me donner leur recette, ceux-ci.

— Cette recette est très simple, et je puis vous l'indiquer, si vous voulez.

— Indiquez, Monsieur, indiquez : vous me rendrez là un fameux service. Quoique j'aie cinquante ans aux prunes prochaines et qu'il soit un peu tard à cet âge pour changer son régime, je vous promets, pour peu que votre moyen soit praticable, d'acheter demain une tirelire et de me mettre à thésauriser.

— Amen! il n'est jamais trop tard pour être sage. Dites-moi, vous fumez, n'est-ce pas?

— Sans doute, comme tout le monde.

— Et combien mettez-vous chaque jour à votre tabac?

— Quinze centimes; c'est ma ration.

— Très bien. A quel âge avez-vous commencé à fumer?

— Vers vingt ans. Je fus pris à cette époque d'une rage de dents qui ne me quittait ni jour ni nuit. On me conseilla de fumer; j'essayai, et vous savez? une mauvaise habitude est sitôt contractée.

— A qui le dites-vous! Quinze centimes par jour pendant trente ans donnent, intérêts capitalisés, la somme de 3,639 fr. 9 cent.

— Voilà une rage de dents qui me coûte cher, dit en riant Benoît. J'aurais mieux fait de me faire arracher cette molaire.

— Continuons. Vous allez bien au théâtre quelquefois?

— Pas aussi souvent que j'en aurais l'envie. Le théâtre est mon goût favori. Outre que c'est instructif, ça délasse, ça vous sort pendant quelques heures de la vie réelle, qui n'est pas gaie pour l'ouvrier. Malheureusement le théâtre coûte cher. Aussi me suis-je fait une raison. Je n'y vais qu'une fois par mois.

— Cela fait 18 francs par an, et au bout de trente ans 1,198 fr. 53 cent.

— Quel comptable vous êtes, Monsieur !

— J'ai, en effet, une certaine facilité à compter de tête et de mémoire. Un mince talent, allez ! Combien vous coûte votre montre, je vous prie, et à quelle époque l'avez-vous achetée ?

— Ma montre me coûte 150 fr. J'en fis emplette à l'âge de vingt ans. Je venais d'échapper à la conscription et d'amener le numéro 283 : la seule chance heureuse que j'aie eue de ma vie ! Je résolus de me donner une belle et bonne montre ; et ma foi ! je n'ai pas eu lieu de regretter mon argent, car je possède un vrai chronomètre. Il manque la chaîne d'or ; je n'ai jamais été assez riche pour me permettre ce luxe. J'espère que vous n'allez pas me reprocher mon *briquet* comme le tabac et le théâtre. Je tiens à être exact et à arriver à l'atelier ni trop tôt ni trop tard, ne voulant ni voler ni enrichir mon patron. D'ailleurs il ne se fait pas faute de mettre à l'amende les retardataires.

— Inutile de vous excuser, mon cher, vous étiez bien libre d'acheter une montre ; vous auriez même acheté la chaîne d'or qu'il n'y aurait rien à dire. Une chaîne d'or fait bon effet sur un gilet de piqué blanc. Cela n'empêche pas qu'on ne puisse avoir une bonne et belle montre pour 70 fr. ; vous pouviez donc économiser 80 fr., qui donnent, toujours en supposant la capitalisation de l'intérêt, au bout de trente ans, la somme de 345 fr. 90 cent.

« Arrivons au chapitre le plus important. Vous faites le lundi régulièrement, et je vous ai adressé à ce sujet quelques observations, en qualité de vieil ami de votre famille. Je reconnais que vous avez toujours bien pris ces observations sans en tenir compte jamais. Vous doutez-vous de la somme considérable à laquelle on arrive en additionnant les quatre francs que vous avez perdus par semaine, pendant trente ans, à faire le lundi?

— Ma foi! non; quoique j'aie eu le second prix d'arithmétique à l'école, j'aurais de la peine à faire cette opération, même en m'appliquant beaucoup.

— Je veux vous épargner cette peine. En vous abstenant de perdre, pendant trente ans, un jour par semaine, vous auriez gagné, votre journée supposée 4 fr., 13,857 fr. 95 cent.

« Additionnons cette somme avec les précédentes, et nous obtenons un total de 19,041 fr. 47 cent., qui, à 5 p. 100, font un revenu de 952 fr. 05 cent. par an.

« Savez-vous que beaucoup de petits rentiers, de professeurs et d'officiers en retraite n'ont pas beaucoup plus?

— Le calcul est une belle chose, dit Benoît d'un ton qui n'était pas sans une nuance d'amertume. Seulement tout cela est plus facile à mettre sur le papier que dans la vie. Autant vaut être mort, s'il faut se priver des plaisirs les plus indispensables et les plus légitimes.

— Appelez-vous indispensable le plaisir de fumer, et légitime le plaisir d'aller tous les lundis perdre au café et au cabaret sa santé et son argent? Avouez, mon cher ami, que vous n'aviez pas réfléchi à tout cela, et que vous éprouvez (ce qui est bien naturel) un peu d'humeur en songeant aux belles rentes que vous avez manquées par votre faute. »

Benoît me quitta assez brusquement.

Je ne crois pas que ce fut pour aller acheter une tirelire.

Quel malheur que toutes les vérités utiles soient les plus désagréables de toutes!

Tous les ouvriers, je le sais bien, ne sont pas dans la situation de Benoît, et ils n'arriveraient pas, même avec les plus grandes privations, à réaliser les épargnes qu'aurait pu faire mon ami. Je crois néanmoins qu'il en est peu qui n'aient pas à regretter, sur le soir de leur vie, beaucoup de pertes de temps et d'argent.

Si encore ils prenaient leur sort en patience, il n'y aurait que demi-mal; mais précisément se sont les paresseux, les insouciants, les dissipateurs qui crient le plus fort et se plaignent le plus haut de Dieu, de la société, du gouvernement, des patrons, des bourgeois, de la destinée, de la fatalité, de la mauvaise chance, de l'injustice du genre humain, etc. etc.

Soyez plus avisés, jeunes lecteurs, passez-vous de tabac, de théâtre, de montre de luxe; sanctifiez le dimanche, travaillez le lundi, et procurez-vous, le plus tôt possible, un livret de caisse d'épargne.

LA PAUVRETÉ

« Il y a quelques riches, dit M. Thiers dans son livre *De la propriété;* un peu plus de gens aisés, mais pas beaucoup encore; enfin un nombre infini de gens qui n'ont que le strict nécessaire, et beaucoup qui ne l'ont même pas. »

Ce nombre infini de gens qui n'ont que le strict nécessaire forme la nombreuse tribu des pauvres.

Parlons un peu, cher lecteur, de la pauvreté.

Un philosophe romain, nommé Sénèque, écrivit, dit-on, sur une table d'or, un éloge de la pauvreté. Je n'imiterai point ce respectable farceur. Outre que je ne fais pas le panégyrique de la pauvreté, ce que j'en dirai aura été écrit sur une modeste table de noyer dépourvue de tapis : je suis de ceux qui, lorsqu'ils s'adressent aux pauvres, peuvent leur dire : mes frères.

Avez-vous remarqué, confrères, que la pauvreté est quelque chose de relatif? Cette observation n'est point sans importance. Un paysan, un domestique, un ouvrier vivant tout juste, eux et leur famille, du salaire de la journée, sont pauvres : cela n'empêche pas qu'ils ne soient riches si on les compare à tel manœuvre de la Chine qui vit d'une écuellée de riz cuit à l'eau, sans sucre et sans sel.

Un de mes amis, missionnaire en Afrique, me disait : « Je plaignais beaucoup autrefois les paysans limousins, qui sont vêtus de droguet, qui habitent des maisons étroites et enfumées et qui se nourrissent toute l'année de châtaignes, de pommes de terre, de blé noir et de pain de seigle; mais depuis que j'ai fréquenté les rois africains, que je me suis assis à leur table, et que j'ai dormi sous les hangars qu'ils appellent leurs palais, je trouve que le sort des paysans limousins a du bon, beaucoup de bon. »

Le strict nécessaire qui constitue la pauvreté est assez élastique.

Que de gens, mangeant tous les jours du pain blanc à discrétion, de la viande en quantité suffisante, buvant du vin à chaque repas et prenant le café le dimanche, sont convaincus qu'ils n'ont que le strict nécessaire et qu'ils sont pauvres!

Un tel régime serait les délices de Capoue pour un ouvrier irlandais.

Nous nous créons des besoins factices; nous nous accoutumons à un luxe relatif, et parce que nous ne pouvons satisfaire ces besoins et ce luxe qu'au prix d'un travail journalier, nous nous estimons pauvres de la meilleure foi du monde.

Voulez-vous savoir ce qui donne à la pauvreté ses dehors les plus odieux? C'est la comparaison que nous faisons de notre situation avec celle des riches.

Jean n'est point mal dans sa mansarde, défendue l'été contre le soleil par de blancs rideaux de coton et où l'hiver le poêle ronfle joyeusement; mais la maison qu'il habite loge un duc au premier, un banquier au second et un colonel au troisième: comment voulez-vous que Jean soit heureux? Peut-on vivre sans suisse, sans laquais, sans voiture, sans dindes truffées, sans robes de soie pour sa femme et sans jouets de luxe pour ses enfants?

Jean appelle sa vie une galère perpétuelle. S'il avait tâté tant soit peu du régime de Toulon et de Rochefort, il chanterait une autre gamme.

Le malheur de Jean et de ceux qui se trouvent dans sa situation peut se décomposer ainsi : un quart de privations, trois quarts d'ambition, de jalousie et d'envie, d'envie surtout. Dans tel village ou tel hameau de la province l'habitant de la mansarde ne se plaindrait pas ou se plaindrait beaucoup moins : c'est le luxe dont il est entouré qui l'irrite et l'exaspère. Il me semble pourtant que loger sous le toit d'un millionnaire n'ôte rien de ce qu'on possède et ne diminue pas le salaire de la journée. Ah! l'envie! l'envie! Quel bon marteau à forger les révolutions! Les orateurs des clubs et les rédacteurs des feuilles démocratiques n'ont guère que cette corde à leur violon; mais il faut avouer qu'ils en jouent supérieurement.

Ceux qui font ces sempiternelles comparaisons entre leur sort et celui de leurs voisins devraient bien les varier un peu.

Pourquoi Jean, par exemple, au lieu de se comparer toujours au duc, au banquier et au colonel, ne se comparerait-il pas un peu au portier de la maison où il demeure? Ce portier a une femme souvent malade et six enfants en bas âge; jamais il n'arriverait à joindre les deux bouts sans la charité des riches locataires de la maison, charité qu'il faut reconnaître naturellement par une assiduité exemplaire et une complaisance de jour et de nuit à toute épreuve. Pas de dimanche, pas de promenade, pas une distraction d'un quart d'heure pour le malheureux portier. Jean, qui ne reçoit l'aumône de personne, qui est libre tout le dimanche, qui dort les poings fermés sans s'inquiéter du cordon, est un aristo en comparaison de son portier : vous l'étonneriez fort si vous lui disiez cela; il n'y a jamais pensé.

Il oublie bien aussi quelque chose lorsqu'il envie le sort des opulents locataires de la maison qu'il habite.

Le colonel s'est engagé à dix-huit ans comme simple soldat; il a vingt-deux campagnes, sept blessures et un rhumatisme chronique. Allez dire à Jean de faire un soldat de son aîné, et vous verrez que la perspective de la double épaulette à graine d'épinards ne le tentera pas, et qu'il laissera son fils apprenti mécanicien et ajusteur. C'est que Jean vise au solide et au certain. Je l'en loue; mais alors il ne faut pas envier les colonels.

Le banquier doit sa fortune à des travaux tellement excessifs que l'habitant de la mansarde perdrait la vue et la cervelle s'il devait seulement en supporter la moitié.

Quant au duc, il a été élevé sur les genoux d'une duchesse, et a trouvé, la première fois qu'il s'est mis à table, un coupon de cent mille livres de rente dans sa serviette. Il y a donc là matière à envie. Ce qui est moins enviable, c'est la goutte héréditaire qui torture depuis trente ans M. le duc de Fierdonjon. Ah ! s'il pouvait se débarrasser de cette maudite goutte au prix de la moitié et même des deux tiers de sa fortune! Malheureusement il ne se présente pas d'acquéreur.

On examine à la loupe les inconvénients de sa situation; on ferme les yeux sur ses avantages, et on se trouve malheureux. Par contre, on ne considère que les côtés brillants de la position du voisin, et on le proclame le plus fortuné des mortels : une méthode aussi commune qu'elle est peu propre à conduire au vrai. Mais qui s'inquiète d'être dans le vrai? Pour faire le procès à la Providence, toutes les raisons sont bonnes et tous les arguments valables. On corromprait au besoin les juges et on soudoierait de faux témoins. Il est si doux de se poser en jouet du sort et en victime de la destinée!

Non! mille fois non! la pauvreté ne mérite pas les malédictions qui lui sont jetées. Elle a ses joies modestes, et des compensations secrètes qui rendent son joug léger aux cœurs qui ne sont pas énervés par le sensualisme ou corrompus par l'orgueil. La pauvreté est la mère des sages conseils, des mâles résolutions, des entreprises nobles et utiles. Elle s'allie très bien avec la sainteté et le génie. La plupart des grands hommes de la patrie et des grands saints de l'Église sont sortis des rangs obscurs de la société et de familles courbées sous le fardeau du travail. Presque tous les membres de l'armée et du clergé sont pauvres : qui songe à plaindre le prêtre et le soldat? Le monde voit tous les jours les fils et les filles des plus opulentes familles quitter les palais et les châteaux pour se vêtir de bure, vivre de légumes et coucher sur la paille. Jésus-Christ a appelé « heureux » ces pauvres volontaires. Quelque chose de ce bonheur passe à ceux qui, sans avoir choisi la pauvreté, l'acceptent courageusement et patiemment.

Si la pauvreté soulève chez certaines gens tant de répugnance, c'est qu'ils la confondent avec la misère : or la pauvreté et la misère sont distinctes, ainsi qu'il va être dit au chapitre suivant.

LA MISÈRE

Quelques bas-reliefs nous ont conservé la figure et le costume de plusieurs esclaves de l'antiquité grecque et romaine. Ces types sont beaux et nobles, comparés à la physionomie de l'ouvrier moderne qui s'est laissé abrutir par la misère. Une pâleur livide ou une trogne avinée, la barbe en broussailles, un visage labouré par les stigmates confondus de la débauche et de la faim, la blouse devenue une guenille dégoûtante, le brûle-gueule à la bouche : voilà l'esclave de l'industrialisme moderne. Vous n'avez là que le portrait de l'homme; impossible d'esquisser honnêtement la femme et les enfants.

Qui a causé cette ruine? D'où vient cette dégradation physique et morale? Quelle est l'origine et la source de la misère dans laquelle vivent un très grand nombre d'ouvriers? C'est ce que je vais tâcher d'éclaircir.

La pierre philosophale est une chimère; nous ne

pouvons pas être tous riches ni même dans l'aisance; la pauvreté sera, quoi qu'on fasse, le lot de beaucoup; mais je crois sincèrement qu'il est possible à chacun de se garer, lui et les siens, de cette indigence excessive et extrême qu'on appelle la misère.

Si je pouvais en préserver un seul lecteur, je n'aurais perdu ni mon temps ni mon papier.

Je ne crains pas de placer à la tête de toutes les causes de la misère le dépeuplement des campagnes au profit des grandes villes. Les pauvres sont nombreux aux champs; les misérables sans feu, ni lieu, ni vêtements, y sont rares. La terre est toujours la meilleure nourricière, et la charrue l'outil par excellence. O mes amis, réfléchissez bien avant de quitter la chaumière paternelle et l'ombre du clocher natal. Ne vous laissez pas éblouir par les gros salaires : qu'importe un fort salaire s'il est absorbé et dépassé par la dépense? Pour deux ou trois revenus avec un pécule au village, que de malheureux ont péri de froid et de faim dans les faubourgs des grandes villes où ils sont allés imprudemment s'entasser! Ne partez qu'avec quelques avances, un état sérieux, des bras et un cœur robustes. Surtout gardez dans votre nouveau séjour les habitudes de simplicité et d'économie que vous aviez contractées sous le chaume.

Un ouvrier limousin que je rencontrai à Paris dans une petite aisance, et que je félicitai cordialement, me donna le secret de sa réussite :

« J'ai vécu, me dit Léonard Chaminadour, à Paris comme à Saint-Georges-les-Landes, où il n'y a ni cafés, ni théâtres, ni cabarets, ni salles de danse, ni chemin de fer menant à des parties de plaisir. Je me suis fait ce raisonnement : A quoi bon, Léonard, gagner cinq francs par jour si tu les dépenses? Autant valait, mon garçon, rester au pays toucher ta journée de trente sous.

— Et les camarades? dis-je à Chaminadour.

— Oh! les camarades ont assez mal tourné. Pierre Leblois est mort à l'hospice; Martial Brincou a eu affaire à la correctionnelle; Nicolas Jolivet est tombé dans une débine atroce. Quant à Joseph Simon, — vous savez, ce grand Joseph, le fils cadet du sacristain de Saint-Georges-les-Landes? — il est allé piquer une tête dans la Seine, le soir d'un jour où il n'avait rien mangé depuis l'avant-veille. J'avais appris sa misère et je le cherchais partout pour lui aider un peu; malheureusement je suis arrivé trop tard, et je ne l'ai rencontré que sur les dalles de la morgue. Ne dites pas ça à son bonhomme de père, s'il sonne toujours la messe chez nous. C'est que, voyez-vous, Monsieur, il ne faut pas croire non plus que ce Paris soit le Pérou ou la Californie. Gare aux paresseux qui viennent à seule fin de faire la noce et les flambards!

— Qu'est devenu, dis-je, Paul Lenoir, qui partit malgré ses parents, aussitôt après son apprentissage?

— Ne m'en parlez pas! C'est un de mes grands chagrins. Ce pauvre Lenoir! il était fait pour cette terrible vie de Paris comme moi pour être archevêque. Un garçon doux, rangé, pâle et blanc comme une fille délicate, qui aurait vécu sa bonne vie d'homme sous nos châtaigniers, et qui est venu mourir ici tristement de la poitrine à vingt-quatre ans. Le petit bleu ne va pas à tous les estomacs, ni la charcuterie parisienne.

— Est-ce que vous croyez, mon cher Léonard, que la moitié de nos compatriotes qui sont venus chercher fortune sur les bords de la Seine n'auraient pas mieux fait de rester à Saint-Georges-les-Landes?

— La moitié! dites-donc les trois quarts, Monsieur. Pour un qui se tire d'affaire, quatre meurent à la peine et de misère. »

Je vous répète là les propres paroles de Léonard Chaminadour, mon compatriote, tailleur de pierres, demeurant à Paris, rue des Boulangers; j'ai oublié le numéro; mais il est connu dans toute la rue des portiers qui l'ont surnommé *le matinal.*

C'est de l'émigration des campagnes que se forme la population surabondante des grands centres industriels. Le principal foyer de la misère est là. Il est rare qu'un ouvrier travaillant isolément tombe dans la détresse absolue. Les maçons, les cordonniers, les tailleurs, les ébénistes, ont sans doute des chômages; mais ils le savent, ils en connaissent l'époque, la durée, et peuvent prendre le plus souvent leurs précautions. Il en est autrement pour ces masses qui remplissent les mines, les usines et les manufactures; qu'une révolution survienne, et voici des multitudes de travailleurs sur le pavé.

Une révolution n'est pas nécessaire; il suffit d'une guerre, d'un traité de commerce, du déplacement d'une industrie, d'une grève, du perfectionnement d'une machine, que sais-je? La prospérité elle-même engendre la détresse. Force est de s'arrêter quand les marchés regorgent de produits. Toute une population se trouve alors inoccupée. Elle se plaint, murmure, se révolte et ne fait qu'augmenter le mal en détruisant la confiance et effrayant le capital. La pâle faim s'asseoit pour des mois entiers au foyer; et la misère, qui ne devrait être qu'un accident facilement secourable, devient si générale qu'elle décourage presque la charité.

Que les jeunes gens qui n'ont pas encore fait choix d'un état ne se hâtent pas de se jeter dans les hasards des professions industrielles. Quant à ceux qui s'y trouvent engagés, qu'ils profitent de la prospérité de la manufacture, de l'abondance du travail, de la régularité des salaires pour réaliser, coûte que coûte, quelques économies qui puissent, à certain jour, les préserver des horreurs de la misère.

Il faut reconnaître avec douleur que pour certains ouvriers la plus légère épargne est matériellement impossible. Lorsqu'on a une femme, plusieurs enfants en bas âge, quelquefois une vieille mère, ou une sœur infirme, on ne peut vivre qu'au jour le jour et dépenser tout entier son modique salaire, en s'en remettant à la Providence du soin de pourvoir au lendemain.

Que ces travailleurs, si nombreux! hélas! et si intéressants, me permettent de leur donner un conseil que d'autres ont accueilli et dont ils se sont très bien trouvés.

« Vous ne pouvez pas, leur disais-je, mettre d'argent

en réserve? eh bien, faites provision d'une chose qui vaut de l'argent : méritez le crédit. »

Oui, le crédit est possible à l'ouvrier le plus chargé de famille et le plus dépourvu de meubles et d'immeubles. Grâce à Dieu, il y a encore de braves gens qui prêtent sans gage, sans caution, sans billet et sans hypothèque. L'amour du travail, la probité, l'ordre, la régularité à payer ses dettes, l'exactitude à tenir ses engagements, toutes ces qualités, surtout si elles sont couronnées par une vie chrétienne, ne tardent pas à rayonner et à mériter au père de famille qui les possède l'estime, la confiance et partant le crédit.

Que de fois j'ai entendu ma boulangère, qui n'attache pourtant pas son chien avec des saucisses, dire à un ouvrier qui s'excusait de ne pas payer : « C'est bien! c'est bien! je sais qu'il n'y a pas de votre faute et que l'ouvrage va mal en ce moment! Prenez votre temps, mon brave. A qui fera-t-on crédit, si ce n'est pas à un père de famille aussi honnête que vous? Dites à votre dame de venir hardiment : il y aura toujours du pain pour elle dans la boutique. Je l'aime tout plein cette petite femme? Ce n'est pas une évaporée, une coquette celle-là, et qui se ruine en rubans et en bottines; avec cela, propre, polie et ayant des amours d'enfants. Ah! dites donc, faites-moi le plaisir, puisque vous êtes sur le même carré, de dire à ce grand Robichon que je lui vas envoyer un de ces jours du papier timbré. Si ce n'est pas une horreur! gagner 5 fr. tous les jours que le bon Dieu donne au monde, et ne pas payer son boulanger!

Savez-vous qu'il me doit 200 fr. ronds, votre camarade? Son numéro est connu, de ce citoyen, dans toutes les boulangeries du quartier; qu'il s'y présente sans argent, il verra comme il sera reçu. »

Le propriétaire, qui a été payé jusque-là rubis sur l'ongle, voudra-t-il renvoyer un locataire sérieux et paisible, parce que, pour la première fois, il n'est pas en mesure de solder son terme? L'intérêt, à défaut de générosité, l'en empêcherait. Beaucoup de locataires appellent familièrement leur propriétaire leur vautour. Ces locataires sont, pour la plupart, des cigales qui ont chanté tout l'été.

Cependant le chômage cesse, le travail reprend, on a souffert, et il faudra se priver quelque temps pour solder l'arriéré; mais il y a loin de cette gêne à l'horrible misère qui a fondu sur cette famille qui n'est connue que par l'ivrognerie du père, la légèreté de la mère et les gamineries des enfants. Ceux-ci ont vécu de privations, d'expédients, peut-être, hélas! de rapines et d'escroqueries.

« Pas d'argent, pas de Suisses. » C'est encore un mot de ma boulangère aux ivrognes et aux paresseux qui viennent lui demander crédit.

Mais la misère est venue; rien n'a pu l'arrêter, ni la conduite la plus rangée, ni le travail le plus constant. C'est alors que l'ouvrier, surtout s'il a l'honneur d'être époux et père, doit redoubler d'énergie. On dit que les grands capitaines grandissent au feu; que c'est au milieu même de la bataille et au plus fort du danger qu'ils conçoivent leurs manœuvres les plus savantes et frappent les coups décisifs. Ainsi doit faire le travailleur aux prises avec son ennemie la misère.

Qu'il commence avant tout par recourir à Dieu et par prier. C'est le moment de retourner à l'église, qu'on a trop négligée peut-être; c'est l'heure de se souvenir de son enfance, de sa mère, de sa première communion, et de dire, avec une foi ravivée par le malheur, la formule divine : « Donnez-nous aujourd'hui notre pain quotidien. »

« Aide-toi, dit le vieil adage, le Ciel t'aidera. » Que le travailleur en détresse s'aide énergiquement. La manufacture est fermée, l'usine chôme; ce n'est pas une raison pour se croiser les bras ou aller, le long d'une onde claire, pêcher à la ligne, en attendant la reprise du travail. Il y a quelques métiers qu'on peut appeler naturels, qui s'apprennent sans apprentissage, et qui vont presque toujours. Prenez-moi, à défaut de votre outil ordinaire, la cognée du bûcheron, la hache de l'émondeur, la bêche du jardinier, la faucille du moissonneur, et jusqu'aux crochets du portefaix. N'imitez pas cette blanchisseuse de fin qui mourut de misère plutôt que de blanchir des étoupes. A l'époque de la révolution de 1793, on vit des ducs se faire cuisiniers, des marquis cochers, et des évêques donner des répétitions de latin à quinze sous le cachet. Il n'y a de sots métiers que les métiers déshonnêtes.

Votre état improvisé ne vous rapportera pas évidemment de quoi nourrir votre famille; employez donc votre femme, vos filles et vos fils à toute besogne honorable, si peu rémunérée soit-elle. A la guerre comme à la guerre ! Votre cadet va en classe, retirez-le provisoirement, et mettez-le à écosser des pois ou à vendre des allumettes. Ce sont belles choses que l'histoire sainte, l'arithmétique et l'orthographe; mais on y fait des progrès peu sensibles lorsqu'on s'y applique le ventre creux.

Pas de colère, surtout pas de mauvaise humeur, pas de récriminations, pas de disputes. Aimez plus que jamais votre compagne. Ne vous êtes-vous pas liés ensemble pour les bons et les mauvais jours, dans la joie et dans le malheur, en santé et en maladie, à la vie et à la mort ?

Vous seriez le dernier des misérables et vous mériteriez votre sort, si vous cherchiez des ressources dans le jeu, et l'oubli dans le vin et l'alcool. C'est le temps d'avoir de la tenue, de la dignité, et de ne laisser rien paraître au dehors des privations domestiques.

« Vous me prêchez là, dira quelqu'un, des vertus stoïques. » Non ! je vous prêche simplement des vertus viriles.

La misère est mauvaise conseillère : sachez-le pour vous et pour chacun des membres de votre famille; veillez sur tout le monde, et rappelez au besoin ces paroles ou d'autres semblables : Mieux vaut mourir de faim que le déshonneur.

J'ose vous le promettre au nom de Dieu : vous n'aurez pas marché longtemps dans ce sentier austère du devoir sans que le Seigneur vienne à votre secours. Le travail reprendra, et des jours meilleurs commenceront. Si la détresse continuait pourtant, n'hésitez pas et mettez de côté toute fausse honte. Allez trouver un ancien patron, un ami de votre famille, le curé de la paroisse ou quelque homme riche et bienfaisant; exposez sans phrases votre situation; ajoutez modestement que vous n'accepterez aucun secours avant qu'on ait pris des renseignements sur votre compte, et qu'on se soit assuré que vous n'avez pas mérité le malheur qui vous accable.

C'est vous-même, entendez-vous, qui devez faire cette démarche; votre femme, vos filles, vos fils, jamais!

La misère, qui est quelquefois une épreuve et un malheur, est peut-être plus souvent un châtiment.

« Les principales causes de la misère, dit un éco-
« nomiste chrétien[1], résident dans les dispositions
« personnelles de ceux qui la subissent: elles peuvent
« toutes être résumées dans les causes qui suivent :
« la paresse, l'ignorance, l'imprévoyance, le luxe,
« l'inconduite sous toutes ses formes, c'est-à-dire,
« des vices ou des faiblesses, l'immoralité ou un
« blâmable abandon aux sollicitations de la vanité, de
« l'orgueil ou de la sensualité; en un mot, l'oubli
« prolongé de la loi chrétienne, de la loi du renon-
« cement, de laquelle dérivent la modération dans
« les désirs et la regularité de la vie. Dans ces défail-
« lances et dans ces désordres de toute nature, il y a
« des degrés; parfois il n'y a que légèreté, entraîne-

[1] *De la richesse dans les sociétés chrétiennes*, par Charles Perrin, professeur à l'université de Louvain, t. II, p. 25.

« ment, irréflexion; d'autres fois il y aura immora-
« lité, positives habitudes du vice, plus ou moins
« enracinées, corruption plus ou moins profonde.
« Mais toujours la condition des familles dont les chefs
« céderont à ces entraînements ou à ces vices s'en
« trouvera affectée; la gêne en tous cas, la misère,
« lorsque les désordres auront atteint un certain de-
« gré, en seront la suite inévitable.

« Ces causes personnelles de la misère sont de
« beaucoup les plus actives, et c'est à elles qu'il faut
« faire remonter, pour la plupart des cas, les priva-
« tions qu'endurent un grand nombre de familles
« d'ouvriers. Lors même qu'elles ne produisent pas
« à elles seules la misère, elles s'ajoutent aux autres
« causes et en accroissent l'énergie; à tel point que
« si les classes ouvrières étaient douées d'une sé-
« rieuse moralité, les autres causes de la misère
« perdraient par là même la plus grande partie de
« leur pernicieuse influence. »

Méditez ces paroles, messieurs les ivrognes, paresseux, imprévoyants, prodigues, joueurs, débauchés; vous y verrez votre condamnation.

Oui, si la misère s'abat sur votre famille, il ne faut en accuser ni la Providence, ni le sort, ni la société, ni l'État, ni l'infâme capital, ni ces bourgeois rapaces, ni ces patrons avides, ni une concurrence féroce; il faut en accuser vous, vos défauts ou vos vices.

En voulez-vous la preuve incontestable? C'est qu'il y a parmi les victimes de la misère beaucoup d'hommes autrefois opulents et riches. Qu'a-t-il fallu pour amener sur le grabat où il expire cet ancien millionnaire? Une passion toute seule; celle du jeu. Les qualités mêmes, si elles ne sont pas surveillées et dirigées, peuvent aboutir à des catastrophes. Que d'hommes riches ont été conduits par une générosité imprudente et excessive jusqu'aux dernières profondeurs de la misère !

Seulement, un riche peut mettre toute sa vie à rouler dans l'abîme, retenu qu'il est aux parois du gouffre par certaines pierres en saillie, appelées sacs de mille francs; le pauvre va au fond en quelques semaines ou en quelques mois.

Une vieille religieuse, qui avait dirigé pendant trente ans le bureau de bienfaisance d'une assez grande ville, me disait : « Monsieur, les aumônes les plus abondantes sont dans l'océan de la misère comme quelques gouttes d'eau dans la mer. Le principal bien à faire à l'ouvrier, c'est de le moraliser et de le rendre chrétien. Supprimez les ivrognes, les imprévoyants, les prodigues, les débauchés, et vous supprimerez les deux tiers de la misère. Je puis même dire qu'on supprimerait l'autre tiers, car ce dernier tiers serait secouru efficacement; au lieu que nos secours vont se dispersant et s'émiettant sur un si grand nombre d'individus que leur action est presque nulle. »

La religieuse me donna, sur ma demande, un extrait de ses registres, que je vais communiquer textuellement au lecteur :

Nombre des familles pauvres secourues dans la ville de X..., par le bureau de bienfaisance, avec les causes de la misère dans laquelle ces familles sont tombées.

Familles tombées dans la misère par défaut de travail ou par insuffisance de salaire, 275.

Familles tombées dans la misère par banqueroutes, pertes de procès, incendies et autres accidents, 43.

Familles tombées dans la misère par l'ivrognerie, l'imprévoyance, la paresse et l'inconduite du chef, 1,265.

Les registres des bureaux de bienfaisance concordent donc avec la Bible, qui dit : « La justice élève les peuples; mais le péché les plonge dans la misère : » *Miseros autem facit populos peccatum.*

LE TAMBOUR DE VILLE

Les personnes soigneuses et non distraites ont bien du bonheur. On ne saurait croire combien coûtent les distractions à ceux qui y sont sujets. Je connais très intimement un monsieur qui couvre chaque année trois grandes pages avec la simple énumération des objets qu'il a perdus ou bien oubliés. Parapluies, cannes, chapeaux, tabatières, lunettes, porte-monnaie, petits paquets de toutes sortes sont inscrits dans ce nécrologe.

« Voyez-vous, mon cher, me disait-il, s'il existait une assurance contre les menues pertes de chaque jour, comme il en existe contre l'incendie, la grêle et la peste bovine, je m'assurerais sur-le-champ. Je vous assure que la compagnie aurait des sinistres à régler et ne gagnerait pas sur moi.

« Maudit soit l'inventeur des parapluies! En ai-je perdu depuis l'âge de douze ans!

— A votre place, répondis-je, je me passerais de

parapluie, au risque d'attraper, de loin en loin, quelque averse.

— J'ai essayé, répondit-il; malheureusement il se trouve des gens d'une politesse assommante qui, au moindre nuage, vous obligent à accepter un parapluie; alors, au lieu du sien, on perd le parapluie des autres.

« C'est comme pour les tabatières; j'ai la mauvaise habitude de poser la mienne sur la première table, ou la première cheminée, à portée de ma main : encore une dépense fort appréciable à la fin de l'année.

— Mais, observai-je, vous ne perdez pas vos parapluies et vos tabatières dans le désert du Sahara : ces objets sont évidemment trouvés par quelqu'un. Est-ce qu'on ne vous les rend pas?

— C'est bien rare, dit-il. Vous ne sauriez croire combien les gens ont la conscience élastique à l'endroit des choses perdues. Tel qui ne voudrait pas dérober dix centimes garde sans scrupule un parapluie trouvé dans l'omnibus. On devrait faire des brochures, des conférences, et même des sermons là-dessus.

« Je crains que le public n'ait à ce sujet des notions fausses.

« Qui garde un objet trouvé est purement et simplement un voleur.

« Il y a une obligation stricte de conscience d'aller porter, ou au moins déclarer sa trouvaille au commissaire de police, au curé ou au maire, selon les usages et les localités.

« Certaines personnes attendent tranquillement qu'on aille leur réclamer l'objet qu'elles ont trouvé.

« Ces personnes me permettront de leur dire que faire ainsi, c'est plus que friser l'improbité.

« Comment voulez-vous que j'aille deviner dans une grande ville ou même dans une petite, à plus forte raison dans un rayon de plusieurs lieues, celui qui a trouvé mon porte-monnaie, ma montre ou mon petit chien ?

« Reste, à la vérité, la ressource de mettre une réclame dans le journal ou sur les lèvres sonores du tambour de ville ; mais les personnes qui trouvent les objets perdus s'arrangent habituellement de façon à ne pas lire le journal et à ne pas entendre le tambour.

« Je demandais un jour au crieur public d'une sous-préfecture si on lui rapportait souvent les objets perdus, qu'il réclamait à cor et à cris, sur les places, les carrefours et aux angles des rues.

« — Pouh ! dit-il, cela dépend. On rend le ruolz, le plaqué, le coton, les papiers de famille, les titres nominatifs. Quant à l'or, à l'argent, à la soie, et aux titres au porteur, c'est du plus rare que j'en sache des nouvelles.

« Il est vrai, continua-t-il, que la probité n'est guère encouragée. J'ai vu un millionnaire offrir dix sous à un vieux balayeur de la rue qui lui rapportait un portefeuille contenant dix mille francs de valeurs et d'importants papiers de famille.

« Le balayeur, ayant haussé les épaules et n'ayant pas voulu prendre la « récompense honnête », fut traité d'insolent par le millionnaire.

« A quoi il répondit par l'épithète de ladre.

« On se rassembla autour d'eux, et je crus que l'intervention du sergent de ville serait nécessaire.

« J'ai bien peur que le balayeur ne montre pas une autre fois la même probité.

« Il faudrait que chacun fît son devoir : que ceux qui trouvent se montrassent honnêtes, et ceux qui retrouvent généreux.

« — Vous avez raison, répondis-je au crieur public; mais il serait encore plus simple d'être soigneux, d'éviter les distractions et de ne rien perdre.

« — Oh ! Monsieur, répliqua le crieur public, il est bien difficile de ne pas perdre quelque chose; et puis que deviendraient les pauvres tambours de ville ? »

LE FRÈRE DE MLLE AGLAÉ

L'histoire présente et les réflexions qui l'accompagnent sont d'un vieux chanoine de mes amis, qui fut, il y a bien longtemps, curé de campagne. Son récit ayant été mis sur le papier dès qu'il m'eut été fait, je suis sûr d'être aussi exact au moins qu'un sténographe. Malheureusement, on ne peut ni écrire ni imprimer les inflexions de voix, le ton, le geste : tout cela est admirable de naturel et d'originalité chez le vieux chanoine. Enfin, puisse-t-il en être resté quelque chose dans ces courtes pages !

« Monsieur le curé, me dit Mlle Aglaé Delassalle, en achevant la lecture de la lettre qu'elle venait de recevoir, monsieur le curé, c'est une affaire conclue ; mon frère, au lieu de rester à Paris, viendra habiter Chéguras, dès qu'il aura sa retraite, et il l'aura dans onze mois et onze jours. Je vais faire réparer et meubler le pavillon qui donne sur la rivière : Charles affectionne cette vue. Enfin! monsieur le curé, vous aurez quelque agrément au château, et vous trouverez avec qui causer religion, sciences, lettres et beaux-arts : mon frère est une encyclopédie vivante. Avouez que nos soirées du jeudi et du dimanche vous paraissent longues?

— Comment pouvez-vous penser, Mademoiselle?...

— Vous êtes trop poli pour en convenir; mais il est certain que ces éternelles parties de whist, avec une vieille fille ignorante, doivent être très peu récréatives. Il n'en sera plus ainsi bientôt; vous verrez que mon frère est aussi aimable qu'instruit. Par exemple, il a un défaut, ce cher Charles, il n'est pas assez religieux. Vous le convertirez, monsieur le curé; Charles a une trop belle âme pour ne pas devenir complètement chrétien. En cela, il ne fera que continuer des traditions de famille, que l'étude, les devoirs de sa place, et peut-être aussi le séjour de Paris, lui ont fait négliger jusque-là. »

Deux heures après, toute la paroisse savait que M. Delassalle, conseiller à la cour de cassation, aurait sa retraite dans onze mois et onze jours, et qu'il viendrait habiter Chéguras, et logerait dans le pavillon qui donne sur la rivière.

Je fus généralement félicité; pourtant, quelques mots me firent conjecturer que Mlle Aglaé adoucissait et gazait la vérité, en convenant que son frère était peu religieux.

Il paraît bien que M. le conseiller était sceptique et voltairien.

Je mentirais, si je ne disais pas que je fus effrayé de la venue de ce nouveau paroissien. Quelle figure allai-je faire, moi, pauvre curé de campagne, sorti à peine du séminaire, en face d'un vieux magistrat, qui était un puits de science? Sans doute, M. Delassalle aimait trop sa sœur et était trop bien élevé pour me réduire au silence et à la confusion. Néanmoins il ne fallait pas s'y fier, et le plus prudent était de me tenir prêt. Je me mis, en conséquence, à étudier tous les apologistes que je pus me procurer. Preuves métaphysiques, historiques, scientifiques, rien ne fut négligé; je voulais que le voltairien trouvât un adversaire, sinon à sa taille, du moins pas trop à dédaigner.

L'ennemi vint et me charma. Je souhaite à tant de pauvres curés de campagne, qui n'ont pas un homme avec qui ils puissent échanger une idée, de rencontrer un paroissien comme M. Delassalle. L'ex-conseiller savait tout et parlait de tout admirablement. Une chose m'étonna : jamais il ne portait la conversation sur le terrain religieux. M. Delassalle assistait à la messe le dimanche et montrait, à l'endroit des choses saintes, une conduite correcte et froide, qui ne donnait aucune prise, ni à sa sœur, ni à son curé. Cela impatientait Mlle Delassalle, qui voulait que son frère fût converti à Pâques. Certain dimanche de carême elle brisa la glace. Au moment du dessert, elle fit, sans avertir, une charge à fond sur les incrédules et les voltairiens; après quoi elle quitta la table, me laissant seul en face de l'ennemi.

Je ne pouvais pas, décemment, laisser tomber la

question; je recommandai donc mon âme à Dieu, et me mis à soutenir de mon mieux l'attaque commencée par la vieille demoiselle.

M. Delassalle m'écouta, sourit, et se contenta de fredonner ces vers :

Ils sont ce que nous sommes,
Véritablement hommes,
Et vivent comme nous.

C'est toute la réponse qu'il daigna faire à mon argumentation.

Le dimanche suivant, même provocation de Mlle Delassalle, même zèle de mon côté, même refus de combattre de la part de l'ex-conseiller, qui murmura encore :

Ils sont ce que nous sommes,
Véritablement hommes,
Et vivent comme nous.

En y réfléchissant, je me souvins que ces vers étaient de Malherbe; seulement, le conseiller changeait le troisième, qui est ainsi dans le poète :

Et meurent comme nous.

Je ne tardai pas à savoir pourquoi M. Delassalle fuyait la discussion, et s'obstinait à répéter son refrain.

Il avait eu le malheur de rencontrer sur sa route cinq ou six hommes qui, soit hypocrisie, soit faiblesse, avaient violé gravement, dans leurs mœurs et leur vie privée, les croyances chrétiennes et catholiques qu'ils affichaient en théorie et en principe. Le magistrat, esprit logique et cœur loyal, avait été profondément scandalisé. Il était resté convaincu que les chrétiens, et même les dévots, sont hommes et vivent comme le commun de l'humanité. De là le refrain.

Mes efforts pour corriger ces impressions furent inutiles. Plusieurs années s'écoulèrent sans que M. Delassalle revînt aux pratiques chrétiennes. Dieu lui fit la grâce de lui envoyer une longue et douloureuse maladie. Une jeune religieuse lui fut donnée pour le veiller et le soigner; elle montra, de jour et de nuit, pendant plusieurs mois, tant de dévouement, de patience et de charité, que le voltairien en fut touché. Le scandale l'avait perdu, l'édification le sauva. Mlle Delassalle eut la consolation de voir son frère s'approcher des sacrements.

Ils sont plus nombreux qu'on ne pense, ceux qui restent éloignés des pratiques religieuses parce qu'il leur est arrivé de ne pas trouver, dans quelques personnes faisant profession de piété, les vertus et la perfection de l'Évangile. Ils ont tort, et c'est faute de réfléchir qu'ils se laissent arrêter par la plus insignifiante des objections.

Ne parlons pas des hypocrites, parce qu'en vérité on n'en peut rien conclure contre la religion, qui les condamne et les flétrit.

La gamme des faiblesses humaines se compose de fautes isolées, de défauts et de vices. Les fautes isolées sont, hélas! le fait de tout le monde, et, depuis saint Pierre, les chrétiens n'en sont pas exempts. Le sacrement de pénitence a été établi précisément pour les effacer. Est-ce que, au dire de l'Écriture, le juste ne tombe pas et ne se relève pas sept fois le jour? Les purs et les puritains, qui trouvent ces chutes trop fréquentes, me font assez peu d'impression. Il y a des gens qu'on ne voit jamais tomber, par l'excellente raison qu'ils sont toujours à terre.

Quant aux défauts et aux vices, le chrétien les combat sans cesse, avec plus ou moins de succès. Nous avons la prétention de travailler à devenir des saints; nous n'avons jamais dit que nous fussions des anges.

Une dame, longtemps célèbre par ses médisances, s'était convertie; mais la conversion était récente, et elle s'échappa, un jour, à dauber le prochain.

Un pharisien, qui l'entendit, fut très scandalisé, et le laissa voir.

« Hélas! Monsieur, dit humblement la dame, qu'auriez-vous pensé, si vous m'aviez entendue il y a six mois? »

En définitive, il n'y a pas de chrétien tant soit peu sincère qui ne pratique les vertus de cinq ou six honnêtes gens, sans compter celles qui sont au-dessus des moyens de ces messieurs.

Seuls, les saints auraient le droit de se plaindre et de se scandaliser des faiblesses de beaucoup de chrétiens; quant aux libres penseurs et incrédules, qu'ils gardent le silence : ils ont trop d'intérêt à ce qu'on ne regarde pas de près leurs petites affaires.

QUI N'ENTEND QU'UNE CLOCHE
N'ENTEND QU'UN SON

PROVERBE

PERSONNAGES

M. des Moulins, propriétaire.
Robert, perruquier-coiffeur.
M. Roland, horloger.

(La scène représente l'appartement de M. des Moulins.)

SCÈNE I

M. DES MOULINS, ROBERT

Robert (occupé à savonner M. des Moulins, lequel est assis et a la serviette sous le menton). — Vos rasoirs sont bien usés, monsieur des Moulins, vous feriez bien de les remplacer. Il vous faudrait aussi une boîte de poudre de riz.

M. des Moulins. — Je choisirai moi-même une nouvelle paire de rasoirs. Quant à la poudre de riz, apportez-m'en une boîte jeudi. Dites-moi, je vous prie, Robert, savez-vous si M. Roland est chez lui?

Robert. — Il y était il n'y a pas une demi-heure. Je l'ai aperçu sur le seuil de son magasin.

M. des Moulins. — Je le croyais absent. Voici deux jours que je lui ai fait dire de passer chez moi. Je ne comprends pas qu'il me fasse attendre de la sorte.

Robert. — Excusez-le; il n'est pas libre de tous ses mouvements. Vous savez qu'il n'a plus son apprenti?

M. des Moulins. — Le petit Aubrun l'a quitté?

Robert. — Quitté, non. C'est M. Roland qui l'a congédié. — Voulez-vous pencher la tête à droite, je vous prie. — Je n'ai pas coutume de me mêler des affaires d'autrui; mais je ne puis m'empêcher de dire que toute la ville a trouvé le procédé très peu délicat. Voici une pauvre veuve qui s'épuise à nourrir son fils pendant trois longues années d'apprentissage; elle compte qu'il va enfin lui apporter un peu d'argent, paf! voilà le patron qui le met à la porte. — Vous trouvez peut-être le rasoir un peu dur?

M. des Moulins. — En effet.

Robert (repassant son rasoir). — Veuillez remarquer qu'en mettant son apprenti à la porte, M. Roland le met sur le pavé, attendu qu'il n'y a que lui d'horloger à Grandval. Que va devenir Aubrun? Outre qu'il est bien jeune pour aller à Paris et même à Poitiers, sa mère est trop pauvre pour lui avancer les frais du voyage. M. Roland a commis là une vraie cruauté. Il devait prendre Aubrun comme son ouvrier, son apprentissage fini. Je ne suis qu'un pauvre perruquier; pourtant j'ai toujours offert à mes apprentis un salaire convenable, une fois leurs deux ans expirés. Devinez combien je donne à cet étourdi de Léon, qui rase bien, c'est vrai, mais qui ne sait faire que cela? Vingt francs par quinzaine. C'est beaucoup pour moi. — Est-ce que vous ne voulez pas vous faire tailler les cheveux?

M. des Moulins. — Non. J'attendrai la semaine prochaine.

Robert. — Oui, c'est beaucoup pour moi. Si je n'avais consulté que mes intérêts, j'aurais cherché à Léon une querelle d'Allemand et je l'aurais congédié, son apprentissage fini. Je n'ai pas fait cela; je ne le ferai jamais. Et pourtant il y a dans la ville quatre perruquiers chez lesquels Léon pourrait entrer au sortir de chez moi, tandis qu'Aubrun ne trouvera à s'employer nulle part. — C'est étonnant, vous n'avez pas un seul cheveu blanc, à cinquante ans passés. — Pauvre Mme Aubrun! si douce! si laborieuse! si intéressante! que va-t-elle faire de ce grand garçon? — Voulez-vous que je vous fasse une lotion de lait d'iris?

M. des Moulins. — Merci, je m'en tiens à ma vieille eau de Cologne.

Robert. — Pourtant l'eau de Cologne rubéfie l'épiderme et peut, dans certains cas, attaquer le derme lui-même, tandis que le lait d'iris...

M. des Moulins. — Je sais tout cela. Remettez

votre flacon dans votre poche, vous le vendrez à ma femme. Ce que vous venez de m'apprendre m'étonne beaucoup. Comment M. Roland a-t-il pu congédier le fils d'un ancien ami et d'une pauvre veuve sa voisine? C'est pourtant un fort honnête homme.

Robert. — Il passe, en effet, pour tel.

M. des Moulins. — Peut-être le jeune Aubrun a eu des torts?

Robert. — Nullement. Paul est un sujet charmant, accompli : aussi toute la ville est indignée de la conduite de M. Roland. D'ailleurs, ce n'est pas le premier tour de ce genre qu'il joue. Rappelez-vous Simon, le fils de Nicollet : est-ce qu'il ne le mit pas à la porte aussitôt qu'il fut capable de gagner quelques sous? C'est un système : on fait prendre à un pauvre enfant un engagement de trois ans; on lui donne quelques soins les premiers six mois; on bénéficie de deux ans et plus de son travail; après quoi on le congédie et on passe à un autre. Pour être bonne, l'exploitation est bonne; il est dommage qu'elle ne soit pas honnête. Je ne m'étonne pas que certaines gens aient pignon en ville et jardin à l'extrémité des faubourgs, sans compter du cinq pour cent inscrit au grand-livre. Pauvre Robert! Pauvre Figaro, tu ne seras jamais riche, toi. (Il essuie ses rasoirs, met tout en ordre, salue M. des Moulins, et sort.)

SCÈNE II

M. DES MOULINS

Quoiqu'il ait la langue aussi affilée que ses rasoirs, ce bavard de Robert n'a pas tout à fait tort. Congédier un jeune homme, son apprentissage fini, au lieu de le prendre ouvrier, n'est pas un cas pendable; mais, dans l'espèce, M. Roland s'est montré dur. Il est certain qu'Aubrun et sa mère ne s'attendaient pas à ce procédé, et qu'ils doivent être dans un embarras bien proche de la pauvreté, sinon de la misère. Ah! c'est ainsi que vous agissez, mons Roland! très bien. Je connais quelqu'un qui se gênera moins envers vous que par le passé. En m'adressant directement à Paris, j'aurai la montre d'Édouard et la pendule pour le salon soixante francs meilleur marché que si je prenais ces deux objets chez Roland. Pourquoi ne pas économiser cette somme? Les pauvres ne manquent pas. Quel plaisir je ferai à ma femme en lui envoyant porter en secret soixante francs à la veuve Aubrun! C'est une affaire entendue. Je regrette maintenant d'avoir fait dire à Roland de venir. Il faut pourtant ménager les convenances; que lui dirai-je s'il vient? Ma foi, je lui donnerai ma montre à nettoyer, quoiqu'elle n'en ait guère besoin. Je crois que c'est lui qui monte l'escalier.

SCÈNE III

M. DES MOULINS, M. ROLAND

M. ROLAND (entrant). — J'ai l'honneur de vous saluer, M. des Moulins.

M. DES MOULINS. — Bonjour, monsieur Roland.

M. ROLAND. — Veuillez excuser le retard que j'ai mis à me rendre à vos ordres; il m'a été impossible de venir plus tôt.

M. DES MOULINS. — Très bien! très bien! Je désire que vous nettoyiez ma montre. (Il lui tend sa montre.)

M. ROLAND. — C'est tout?

M. DES MOULINS. — Sans doute.

M. ROLAND. — Je vous avoue que je croyais être appelé pour autre chose. M. Édouard m'avait dit que vous vouliez lui acheter un chronomètre. La femme de chambre de madame m'avait aussi parlé vaguement d'une pendule pour votre salon de compagnie. J'ai justement votre affaire en ce moment.

M. DES MOULINS. — Merci. Je n'ai besoin que d'un nettoyage de montre. Vous me la remettrez mardi, n'est-ce pas?

M. ROLAND. — Impossible! il me faudrait travailler le dimanche, une chose qui n'est pas plus dans mes habitudes que dans les vôtres. Accordez-moi jusqu'au jeudi; je suis seul au magasin, depuis que j'ai perdu mon apprenti.

M. des Moulins. — Ah! vous n'avez plus le jeune Aubrun?

M. Roland. — Je ne l'ai plus.

M. des Moulins. — C'est lui qui vous a quitté?

M. Roland. — Pas précisément.

M. des Moulins. — Alors vous l'avez congédié?

M. Roland. — A peu près.

M. des Moulins. — Il aurait eu besoin cependant de gagner tout de suite un peu d'argent.

M. Roland. — Je le crois.

M. des Moulins. — Tenez, nous ne jouons franc jeu ni l'un ni l'autre dans ce dialogue. Voulez-vous me permettre de vous parler sincèrement?

M. Roland. — Je vous en prie.

M. des Moulins. — Eh bien, beaucoup de gens, et je suis du nombre, s'étonnent que vous mettiez le fils d'un ancien ami et d'une pauvre veuve à la porte, lorsque vous savez qu'il ne trouvera pas d'ouvrage à Grandval, et qu'il lui est à peu près impossible d'aller en chercher ailleurs.

M. Roland. — J'ai coutume de m'inquiéter assez peu du qu'en dira-t-on. En revanche, je tiens à l'estime des honnêtes gens et des chrétiens, à la vôtre par conséquent. Vous trouvez, n'est-ce pas, que j'ai manqué de générosité?

M. des Moulins. — Mieux que cela, ou plutôt pire que cela : je trouve que vous avez été dur.

M. Roland. — Cela tient à ce qu'il est difficile d'être tendre envers les voleurs. Savez-vous que ce jeune Aubrun, que je traitais comme un fils, m'a volé à trois reprises? Il s'agissait, la dernière fois, d'une très belle montre qui ne m'appartenait pas, et dont la valeur a été dévorée dans une nuit d'orgie. J'ai dû donner quatre cents francs au propriétaire de la montre, et m'excuser comme j'ai pu. Je vous le demande, pouvais-je garder un pareil garnement? Vous seul et Mme Aubrun savez cela. Interrogez la mère et le fils, si vous doutez de ma parole.

M. des Moulins. — Je n'en doute nullement, mon cher monsieur, et je vous remercie de votre confiance. Combien parmi ceux qui vous critiquent auraient tout simplement mis le voleur entre les mains de la justice ! Vous vous êtes montré d'une délicatesse presque exagérée. Revenons à nos affaires : je compte sur ma montre pour jeudi. Mon Dieu ! pourquoi n'achèterais-je pas le chronomètre d'Édouard et la pendule du salon? autant vaut s'exécuter aujourd'hui que dans quinze jours. Je veux mettre à ces deux objets mille francs. Dans ces limites vous avez carte blanche.

M. Roland. — Je vous remercie. Vous verrez que vous serez content. (Il salue M. des Moulins et se retire.)

SCÈNE IV

M. DES MOULINS

Je suis très heureux d'avoir eu avec M. Roland cette explication. Il m'en coûtait trop d'ôter mon estime à cet honnête homme. En attendant, Mme Aubrun n'aura pas les soixante francs que je lui destinais. Ne pourrais-je pas faire quelque chose pour cette malheureuse femme et son fils? Il faudra que j'aille les voir et que je tâche de remettre dans une meilleure voie ce précoce bandit. Cela va me coûter du temps, des démarches et un peu d'argent. Tant pis pour moi, cela m'apprendra à ne pas oublier une autre fois le proverbe : « Qui n'entend qu'une cloche n'entend qu'un son. »

BIBLIOTHÈQUE NATIONALE RF IMPRIMÉS

FIN

TABLE

15643. — Tours, impr. Mame.

www.ingramcontent.com/pod-product-compliance
Ingram Content Group UK Ltd.
Pitfield, Milton Keynes, MK11 3LW, UK
UKHW020228220726
13923UKWH00002B/568